रस्किन बॉन्ड

रस्किन बॉन्ड का जन्म 1934 में कसौली में हुआ था। उनका पालन-पोषण जामनगर, देहरादून, नई दिल्ली और शिमला में हुआ। युवावस्था में 4 वर्ष चैनल आइलैंड तथा लन्दन में बिताए। 1955 में वे भारत लौट आए। उसके बाद कभी भारत नहीं छोड़ा। उनके प्रथम उपन्यास 'द रूम ऑन दी रूफ़'' के लिए जॉन लेवेलीन राइस पुरस्कार प्रदान किया गया। यह पुरस्कार कामनवेल्थ के तीस वर्ष से कम आयु के साहित्यकार को उसकी उत्कृष्ट साहित्यिक कृति के लिए प्रदान किया जाता है। उसके बाद से उनकी पैंतीस पुस्तकें प्रकाशित हो चुकी हैं। इनमें उनके लघु उपन्यास 'ए फ्लाइट ऑफ पिजन्स' तथा 'दिल्ली इज़ नॉट फार' व अनेक कहानी-संग्रह शामिल हैं। 1993 में उनको साहित्य अकादमी पुरस्कार तथा 1999 में पद्मश्री सम्मान से अलंकृत किया गया।

वे अब सपरिवार लन्दौर, मसूरी में रहते हैं।

उड़ान

रस्किन बॉन्ड

ISBN : 9789350642252

प्रथम संस्करण : 2014 © रस्किन बॉन्ड

हिन्दी अनुवाद © राजपाल एण्ड सन्ज़

UDAAN (Novel) by Ruskin Bond

(Hindi edition of A *Flight of Pigeons*
published by Penguin Books India)

मुद्रक : रेप्रो नॉलेजकास्ट लि, इंडिया

राजपाल एण्ड सन्ज़

1590, मदरसा रोड, कश्मीरी गेट-दिल्ली-110006
फोनः 011-23869812, 23865483, 23867791
website : www.rajpalpublishing.com
e-mail : sales@rajpalpublishing.com
www.facebook.com/rajpalandsons

क्रम

भूमिका

मुझे याद है कि पिताजी एक लड़की की कहानी सुनाया करते थे। उसको बार-बार एक सपना आता था जिसमें उसको उत्तरी भारत के एक चर्च में एकत्रित धार्मिक समुदाय के लोगों का कत्लेआम दिखाई देता था। कुछ सालों के बाद शाहजहांपुर में उसने अपने-आपको बिल्कुल वैसे ही चर्च में पाया। उसने वैसे ही डरावने नज़ारे देखे जो अब हकीकत में बदल गए थे।

मेरे पिताजी का जन्म शाहजहांपुर में हुआ था। उन्होंने यह कहानी अपने सैनिक पिता से सुनी होगी। बाद में वहीं पर उनकी नियुक्ति हो गई थी। वह लड़की शायद रूथ लेबेडूर थी (अथवा लेमेस्टर) या फिर कोई और, इस समय यह बता पाना सम्भव नहीं परन्तु रूथ की कहानी सच है। वह कत्लेआम तथा बाद के यातनापूर्ण समय में जीवित बच गई थी। उसने एक से.ज्यादा आदमियों को अपनी कहानी सुनाई। 1857 के विद्रोह के अभिलेखों तथा विवरण में इस घटना का ज़िक्र बार-बार आता है।

आज के पाठक को यह कहानी मैं दोबारा सुना रहा हूँ। साम्प्रदायिक अथवा जातीय नफरत के हिंसक दौर में लिप्त अधिकांश लोगों की सामान्य मनोवृत्ति उजागर करने की कोशिश की है। अपनी सुरक्षा करने में असमर्थ लोगों की सहायता करने के लिए कुछ गिने-चुने लोग हमेशा तैयार रहते हैं।

तीस साल पहले यह कहानी उपन्यास के रूप में प्रकाशित हुई थी।

साम्प्रदायिक झगड़ों तथा धार्मिक असहिष्णुता के कारण निर्दोष, कानून का पालन करने वाले शरीफ लोगों के जीवन तथा आजीविका को खतरा होने के कारण मेरे विचार में इस उपन्यास की आज भी प्रासंगिकता है। पास्कल ने लिखा है—‘‘व्यक्ति कभी भी उतनी पूर्णता तथा प्रसन्नता से अपराध नहीं करता जितना कि धर्मोन्माद में। सौभाग्य से सभ्यता के लिए कुछ अपवाद हैं।

—रस्किन बॉन्ड

मार्च 2002

प्रस्तावना

भीषण तथा दमघोंटू गर्मी के शुरू में मेरठ में 10 मई को विद्रोह की आग भड़क उठी। सिपाहियों ने अपने अंग्रेज़ अफसरों को गोलियों से भून डाला; शहर में लूट-पाट और दंगा-फसाद हो रहा था; जेल के ताले तोड़ दिए गए तथा हथियारों से लैस अपराधियों ने शहर और छावनी में रह रहे अंग्रेज़ परिवारों पर हमला कर दिया; घरों में आग लगा दी तथा उनमें रह रहे लोगों का कत्ल कर दिया। कई विद्रोही टुकड़ियाँ अपने इकट्ठे होने वाले मुख्य स्थल दिल्ली की तरफ रवाना हो गईं। वहाँ पर शान्तिप्रिय, कविताप्रेमी शहंशाह बहादुरशाह को अचानक विद्रोहियों का सरगना बनना पड़ा।

काफी देर से शिमला में रुके हुए ब्रिटिश सैनिक अब दिल्ली के लम्बे सफर पर रवाना हो गए। लेकिन इसी बीच विद्रोह की आग दूसरे शहरों में भी फैल चुकी थी। 30 मई को दिल्ली से 250 मील पूर्व पर स्थित शाहजहांपुर में मजिस्ट्रेट के दफ्तर में बहुत ही हलचल, हंगामा और उत्तेजना थी।

छावनी में एंग्लो-इण्डियन रैडमैन परिवार के बंगले में रात के समय आग लगा दी गई थी। रैडमैन परिवार किसी प्रकार भाग निकलने में सफल हो गया लेकिन उनकी सारी सम्पत्ति को लूट लिया गया अथवा तोड़-फोड़ दिया गया। उस रात एक जानी-पहचानी शक्ल को वहाँ पर घूमते देखा गया। रोहिल्ला पठान, जावेद खान, जिसको शहर के सब लोग जानते थे, को आगजनी के सन्देह में

गिरफ्तार कर मजिस्ट्रेट के सामने पेश किया गया।

शाहजहाँपुर के बाज़ार में जावेद खान का दबदबा था। ऊँचा इनाम मिलने पर वह किसी भी खतरनाक काम को अन्जाम देने के लिए मशहूर था। अपराध के सिलसिले में वह कई बार अदालत में पेश हो चुका था परन्तु जावेद अंग्रेज़ी कानून से वाकिफ था। उसने मजिस्ट्रेट को अदालत में गवाह पेश करने की चुनौती दी। जल रहे बंगले में जो आदमी घूमते हुए देखा गया था किसी ने भी उसको उस रूप में नहीं पहचाना। गवाह पेश होने तक मुकदमे की तारीख बढ़ा दी गई। अदालत से बाहर निकलते वक्त यह जान पाना मुश्किल था कि पुलिस उसकी रक्षा कर रही या फिर वह पुलिस की रक्षा कर रहा था। अदालत से बाहर आने से पहले वह मजिस्ट्रेट मि. रिकेटस के सामने तिरस्कृत भाव से झुका और कहा—‘‘कल मेरे गवाह पेश होंगे भले ही तुम्हारे न हों।’’

रैडमैन के बँगले में आग लग जाने पर शाहजहाँपुर का छोटा-सा अंग्रेज़ी समुदाय आने वाले खतरे के प्रति सचेत नहीं हुआ। मेरठ बहुत दूर था और छोटे से स्थानीय अखबार *मुफसिलाइट* में लड़ाई-झगड़ों के बारे में बहुत कम खबरें छपती थीं। सैनिक अधिकारी किसी असामान्य घटना के प्रति आशंकित हुए बिना अपने दौरों पर तथा सामान्य कर्मचारी अपने दफ्तरों में जा रहे थे। शाम के समय वे हमेशा किसी स्थान पर खाने-पीने, नृत्य करने के लिए इकट्ठे होते थे।

30 मई को डॉ. बाऊलिंग के घर पर पार्टी का आयोजन था। उनके घर के ड्राइंग रूम में लेफ्टिनेन्ट स्कॉट गिटार बजा रहे थे और मिसेज़ बाऊलिंग एक रोमांटिक गीत गा रही थीं। चार सैनिक अधिकारी ताश खेल रहे थे जबकि मिसेज़ रिकेटस, मि. जोन्किन्स, कलेक्टर तथा कैप्टेन जेम्स ‘एक्सा’ ’व्हिस्की पीते हुए मौसम के बारे में चर्चा कर रहे थे।

केवल लेबेड्रर परिवार खतरे के प्रति आशंकित था। वह पार्टी में उपस्थित नहीं था।

मि. लेबेड्रर बयालीस साल के, उनकी पत्नी अड़तीस साल की थी। उनकी बेटी घने काले बालों तथा गहरी चमकीली आँखों वाली प्यारी लड़की थी। पन्द्रह

दिन पहले ही उसने फतेहगढ़ का मिसेज़ शील्ड का स्कूल छोड़ा था क्योंकि उसकी माँ के विचार में वह घर पर ज्यादा सुरक्षित थी।

मिसेज़ लेबेडूर के पिता एक साहसी फ्रेन्च व्यक्ति थे। उन्होंने मराठा सेना में काम किया था। उसकी माँ रामपुर के मशहूर परिवार से सम्बन्ध रखती थी। उसका नाम मरियम था। उसका तथा उसके भाइयों का पालन-पोषण ईसाई धर्म के अनुरूप था। अठारह साल की उम्र में उसने शान्त, विनम्र स्वभाव के मि. लेबेडूर से विवाह कर लिया था। वे मजिस्ट्रेट के दफ्तर में क्लर्क थे। वे जर्सी (चैनल आइलैण्ड) के एक व्यापारी के पोते थे। उनका मूल जर्सी नाम लबाडू था।

छावनी की ज़्यादातर अंग्रेज़ महिलाएँ नौकरों के साथ बात करने में अपमानित महसूस करती थीं। इसके विपरीत मरियम लेबेडूर, जो घर से बाहर कम निकलती थी, को उनसे बातें करने में आनन्द आता था। अक्सर आसपास, शहर की विश्वसनीय चटपटी मज़ेदार खबरें सुनाकर वे मरियम का मनोरंजन करती रहतीं, परन्तु हाल ही में उन्होंने मरियम को जो सुनाया था उससे मरियम को विश्वास हो गया था कि कुछ ही घण्टों बाद शहर में विद्रोह शुरू हो जाएगा। बाज़ार और पुलिसलाइन में मेरठ की खबरें पहुँच चुकी थीं। खन्नौत नदी के समीप रहने वाले एक फकीर ने भी भविष्यवाणी की थी कि आनेवाले कुछ महीनों में भारत में 'इंग्लिश ईस्ट इंडिया कम्पनी' की हुकूमत खत्म हो जाएगी। मरियम ने अपने पति और बेटी को शाम के समय बाऊलिंग की पार्टी में जाने से रोक लिया था। नियमित रूप से चर्च जाने वाली मरियम ने आश्चर्यजनक रूप से उनसे अगले दिन रविवार को चर्च न जाने के लिए भी अनुरोध किया।

रूथ मर्ज़ी की मालिक और ज़िद्दी थी। उसने अगले दिन चर्च जाने की ज़िद की और उसके पिता भी उसके साथ जाने के लिए तैयार हो गए।

साफ, उजले आसमान में सूरज निकल आया था। सूरज निकलने से पहले उठने वाले कुछ सौभाग्यशाली व्यक्ति ही कुछ समय के लिए नदी की ओर से आने वाली शीतल हवा का आनन्द उठा पाए। सात बजे चर्च की घंटी बजने लगी। छावनी में बने छोटे, मज़बूत चर्च की तरफ लोग जाने लगे थे। कुछ लोग मि. लेबेडूर और उनकी बेटी की तरह अपनी रविवार की पोशाक में पैदल जा रहे थे।

कुछ लोग बग्घियों में और पसीने में भीगते कहारों द्वारा उठाई हुई डोलियों में बैठ कर जा रहे थे।

शाहजहाँपुर का छोटा-सा सेंट मेरी चर्च छावनी की दक्षिणी सीमा पर पुराने आम के पेड़ों के झुरमुट के पास स्थित था। भीतर जाने के लिए तीन प्रवेश द्वार थे। दक्षिण दिशा में विशाल कम्पाऊण्ड के सामने बुलरस द्वार; दूसरा द्वार पश्चिम में चर्च की मीनार के नीचे था; सभागार का प्रवेश द्वार उत्तर दिशा में खुलता था। मीनार तक पहुँचने के लिए तंग सीढ़ियाँ बनी थीं। पूर्व में नदी की तरफ के खुले मैदान में खरबूज़ों के खेत थे। पश्चिम की ओर शहर की खुली समतल सीमा थी। उत्तर में सिपाहियों की बैरकों तक पैरेड ग्राऊण्ड फैला हुआ था। पैरेड ग्राऊण्ड के किनारे पर रेजीमेंट के अधिकारियों के बँगले निर्मित थे। विद्रोह के हिंसक वातावरण से अनजान अंग्रेज़ गहरी नींद सो रहे थे।

आगे की कहानी रूथ सुनाएगी...

चर्च में

*** * ***

मैं अपने पापा के साथ घर से बाहर निकली ही थी कि सड़क पर कुछ सिपाही सुबह का स्नान करने के लिए नदी की तरफ जाते दिखाई दिए। वे हमें हिंसक नज़रों से घूर रहे थे। मैं पापा के साथ चिपक गई और फुसफुसा कर बोली—‘‘पापा, ये लोग कितने अजीब लग रहे हैं?’’

पापा को उनकी शक्ल-सूरत अजीब (असामान्य) नहीं लगी। खन्नौत नदी पर जाते समय सिपाही अक्सर उसी रास्ते से गुज़रते थे। मेरे ख्याल में आफिस जाते समय पापा को उन्हें देखने की आदत पड़ गई थी।

हम दक्षिण के प्रवेश द्वार से चर्च में दाखिल हुए और दायीं तरफ आखिर में कुर्सियों पर बैठ गए। वहाँ पर काफी लोग पहले से ही मौजूद थे। वे कौन थे इस पर मैंने विशेष ध्यान नहीं दिया। हम झुककर प्रार्थना कर ही रहे थे कि बाहर से शोर-शराबे और ज़ोरों से चीखने-चिल्लाने की आवाज़ें सुनाई दीं। आवाज़ें लगातार पास आती जा रही थीं। चर्च में उपस्थित प्रत्येक व्यक्ति खड़ा हो गया, पापा ने भी अपनी सीट छोड़ दी और बाहर दरवाज़े पर आकर खड़े हो गए। मैं भी उनके पास जाकर खड़ी हो गई।

बाहर ड्योढ़ी में छः-सात आदमी खड़े थे। उनके चेहरे नाक तक ढके हुए थे और उन्होंने तंग लंगोटी (लुंगी) पहन रखी थी मानो किसी कुश्ती के अखाड़े में जा रहे हों। लेकिन उनके हाथों में नंगी तलवारें थीं। हमें देखते ही वे आगे आ

गए। एक आदमी ने हम पर वार किया, वार चूक गया। हम दोनों पर न लगकर दरवाज़े की लकड़ी में धँस गया। मेरे पापा ने अपना बायां हाथ दरवाज़े पर रखा हुआ था। मैं जल्दी से उसके नीचे से निकल कर कम्पाउंड में चली गई।

दूसरे आदमियों ने मेरे पापा के ऊपर दो वार किए, दोनों वार उनके गालों पर लगे। पापा ने उन हमलावरों में से एक की तलवार पकड़ने की कोशिश की लेकिन उसकी तेज़ धार के ऊपर इतनी सख्ती से हाथ रखा कि उनके दायें हाथ की दो अंगुलियाँ कटकर गिर गईं। उनको यही घाव लगे थे। हालाँकि वे गिरे नहीं थे लेकिन खून बेतहाशा बह रहा था। मैं यह सब ड्योढ़ी में खड़े होकर देख रही थी। यह सब देख कर मैं हैरान और परेशान थी। मुझे याद है कि मैंने पापा से पूछा था कि उनके शरीर से इतना .ज्यादा खून क्यों बह रहा था?

‘‘मेरी जेब से रूमाल निकाल कर मेरे चेहरे पर पट्टी बाँध दो,’’ उन्होंने कहा।

मैंने अपने दोनों रूमालों की पट्टी बनाकर उनके सिर पर बाँध दी तब उन्होंने कहा कि वे घर जाना चाहते हैं। मैंने उनका हाथ पकड़ा और ड्योढ़ी से बाहर ले जाने की कोशिश की। कुछ ही कदम चलने के बाद उनको बेहोशी आने लगी। वे बोले—‘‘मैं चल नहीं सकता, रूथ! चलो, वापिस चर्च में चलते हैं।

हथियारों से लैस आदमियों ने चर्च पर केवल एक हमला किया था और सभागार के प्रवेश द्वार से अन्दर चले गए। मेरे पापा को ज़ख्मी करने के बाद वे सभागार में सीटों के बीच दायें-बायें हमला करते दौड़ रहे थे। उन्होंने लेफ्टिनेंट स्कॉट पर वार किया लेकिन उसकी माँ उसके ऊपर गिर पड़ी और उसकी पसलियों पर वार हुआ। तंग कपड़े पहने हुए होने के कारण गम्भीर चोट नहीं लगी। मि. रिकेटस, मि. जोन्किन्स, कलेक्टर मि. मैकलम पादरी सभागार से बाहर दौड़े।

प्रार्थना के लिए एकत्रित बाकी के लोग मीनार पर चले गए। पापा के कहने पर मैं भी उनमें शामिल हो गई। वहाँ की घटनाओं से अनजान कैप्टन जोन्स को घोड़े पर सवार होकर चर्च की तरफ आते देखा। हमने चिल्लाकर उनको सावधान करने की कोशिश की परन्तु जैसे ही उन्होंने पैरेड ग्राउण्ड में छितरे एक सिपाही

की तरफ देखा वैसे ही सिपाही ने गोली चला दी। कैप्टन जेम्स घोड़े से गिर गया। दो अफसर खाने की मेस से दौड़ते हुए आए, सिपाहियों से कहा—''बच्चो, तुम यह सब क्या कर रहे हो?'' उन्होंने अपने आदमियों को शान्त करने की कोशिश की। किसी ने उनकी बात नहीं सुनी। हालाँकि वे अफसर सिपाहियों के चहेते थे फिर भी वे उनको हाथों में पिस्तौल थामे हमारे पास मीनार पर आने से रोक नहीं पाए।

तभी हमने एक बग्घी को तेज़ी से चर्च की तरफ आते देखा। यह बग्घी डॉ. बाऊलिंग की थी। उसमें वे, उनकी पत्नी, बच्चा और आया बैठे हुए थे। बग्घी को पैरेड ग्राऊण्ड पार करना था। अभी वे आधे रास्ते में ही थे कि कोचवान की सीट पर बैठे डॉ. बाऊलिंग को एक गोली लगी। वे अपनी सीट पर दोहरे हो गए, लेकिन अपने हाथों से लगाम नहीं छूटने दी। बग्घी लगभग चर्च के पास पहुँच चुकी थी तभी एक सिपाही ने दौड़कर मिसेज़ बाऊलिंग पर वार किया जो कुछ इंचों से चूक गया। चर्च में बग्घी पहुँचने पर कुछ अफसर कोचवान की सीट पर बैठे डॉ. बाऊलिंग की मदद करने के लिए दौड़े। कुछ देर तक वे उनकी बाहों में तड़पते रहे। जब उनको ज़मीन पर लिटाया गया तब वे मर चुके थे।

मैं ऊपर मीनार से अफसरों के साथ नीचे उतर कर आई और जहाँ मेरे पापा लेटे थे उस तरफ दौड़ी। वे खून में लथपथ दीवार के सहारे बैठे थे। उन्होंने किसी प्रकार के दर्द की शिकायत नहीं की लेकिन उनके होंठ सूख गए थे। कोशिश करके उन्होंने अपनी आँखें खोलीं। उन्होंने मुझसे घर जाकर माँ को किसी आदमी के हाथ घर ले जाने के लिए चारपाई अथवा डोली भिजवाने के लिए कहा। इतनी जल्दी इतना सब कुछ घट गया था; मैं पूरी तरह से भौंचक्की थी। यद्यपि मिसेज़ बाऊलिंग व दूसरी औरतें रो रही थीं, मेरी आँखों में एक भी आँसू नहीं था। मेरे पापा के चेहरे पर दो बड़े घाव थे। मैं उनको अकेला छोड़ना नहीं चाहती थी लेकिन उनकी मदद का एक ही तरीका था, दौड़कर घर जाना और डोली भिजवाना।

चर्च में पत्थर की दीवार के सहारे उनको बैठे हुए छोड़कर मैं सभागार के रास्ते बाहर दौड़ी और सभागार से लगभग बारह फीट दूरी पर पड़े मि. रिकेटस के ऊपर गिरते-गिरते बची। उनके ऊपर तलवार चलाने में निपुण किसी ताकतवर आदमी ने हमला किया था। उसके वार से तलवार ने बायें कंधे में घुसकर धड़ को दायें कंधे तक शरीर से अलग कर दिया था। उस भयानक दृश्य से घबरा कर मैं वहाँ से मुड़ी और बुलरस कम्पाऊण्ड के रास्ते घर की तरफ भागने लगी।

रास्ते में कोई नहीं मिला; किसी ने मुझको ललकारा नहीं; न ही रोकने अथवा छेड़छाड़ करने की कोशिश की। छावनी खाली और सुनसान पड़ी थी। बुलरस कम्पाउण्ड के आखिरी छोर पर पहुँचते ही मुझे अपना घर आग में जलता हुआ दिखाई दिया। अपनी माँ को देखने के लिए मैं घर के आगे दरवाज़े पर रुक गई। वह कहीं नहीं दिखाई दी। नानी माँ और नौकर भी गायब थे। तभी मैंने लाला रामजीमल को सड़क पर अपनी तरफ आते देखा।

''चिन्ता मत करो बेटी,'' उन्होंने कहा—''तुम्हारी माँ, नानी व और सब लोग सुरक्षित हैं। आओ, तुम्हें उनके पास ले चलता हूँ।''

लाला रामजीमल की बातों पर सन्देह करने का कोई सवाल ही नहीं था। उन्होंने बचपन में मुझे अपने घुटनों पर बिठाकर खिलाया था। मैं उनकी आँखों के सामने ही बड़ी हुई थी। वे मुझे हमारे पुराने घर से तीस गज़ की दूरी पर एक छोटे-से घर में ले गए। यह एक कच्चा घर था जिसका मुँह सड़क की तरफ था और इसका दरवाज़ा बन्द था। लालाजी ने दरवाज़ा खटखटाया, लेकिन अन्दर से कोई जवाब नहीं आया। तब वे एक झरोखे में मुँह डालकर फुसफुसाये—''मेरे साथ 'मिसी बाबा' है। दरवाज़ा खोलो।''

दरवाज़ा खुल गया, मैं अपनी माँ की बांहों में छिप गई।

''भगवान का लाख-लाख शुक्रिया,'' वह चिल्लाई—''कम से कम मेरे लिए एक तो सुरक्षित है।''

''पापा चर्च में ज़ख्मी हालत में पड़े हैं,'' मैंने कहा—''उनको लाने के लिए किसी को भेजो।''

माँ ने लालाजी की तरफ देखा। वे माँ की याचना भरी आँखों को देखकर अपने-आपको रोक नहीं पाए।

''मैं जा रहा हूँ,'' उन्होंने कहा—''मेरे वापिस लौटने तक यहाँ से मत हिलना।''

''आपको मालूम नहीं कि वे कहाँ पड़े हैं,'' मैंने कहा—''मैं मदद के लिए आपके साथ चलती हूँ।''

''नहीं, तुम अब अपनी माँ को अकेला मत छोड़ो,'' लाला जी बोले—''तुम्हें मेरे साथ देखने पर हम दोनों ही मारे जाएँगे।''

कई घण्टों के बाद वे दोपहर को वापिस आए। उन्होंने सहज भाव से बताया—''साहिब की मृत्यु हो चुकी है। खून इतना ज्यादा बह गया था कि बचना नामुमकिन था। वे बोल नहीं पा रहे थे। उनकी आँखों में चमक थी। उन्होंने मेरी तरफ इस तरह से देखा कि मुझे विश्वास है कि वे मुझे पहचान गए थे।

लाला रामजीमल

*** *** ***

लाला जी हमारे पास रात के अंधेरे में आने का वायदा करके चले गए। उसके बाद उन्होंने हमें अपने घर ले जाना था। ऐसा करने में बड़ा खतरा था लेकिन उन्होंने हमारी हिफ़ाज़त करने का वायदा किया था। वे एक ऐसे आदमी थे, जो मन में किसी भी काम को करने की ठान लेने पर उस काम को कर के ही हटते थे। वे सरकारी नौकर नहीं थे इसलिए उनके ऊपर अंग्रेज़ों के प्रति किसी तरह की ज़िम्मेवारी नहीं थी; न ही उन्होंने विद्रोहियों के साथ मिलकर कोई षड्यन्त्र रचा था क्योंकि उनका रास्ता उनसे अलग था। वे हमेशा अपने काम से काम रखते थे। उनके पास कई डोलियाँ और बग्घियाँ थीं। वे उनको उन यूरोपीय लोगों को किराए पर देते थे, जो उनको खरीदने में असमर्थ थे। वे अपना काम शान्ति और कुशलतापूर्वक करते थे। उनके सम्पर्क में आने वाले लोग उनको इज़्ज़त की नज़र से देखते थे। किसी भी काम के पीछे उनका अपना नज़रिया होता था। हमारी मदद करने के पीछे उनका यह नज़रिया नहीं था कि हमारा सम्बन्ध अंग्रेज़ी हुकूमत के साथ था। मेरे पापा शाहजहाँपुर में शायद सबसे निम्न पद पर काम करते थे। लालाजी हमें कई सालों से जानते थे। मेरी माँ से स्नेह करते थे। माँ हमेशा उनको अपना मित्र और अपने जैसा समझती थी।

उनको देखकर मुझे अहसास हुआ कि मैं पितृविहीन तथा माँ विधवा नहीं हुई थी। अपना निजी दुखड़ा रोने के लिए हमारे पास समय नहीं था। हम सबकी

ज़िन्दगी पर खतरा मँडरा रहा था। अपने छिपने के स्थान पर हमें अपने जल रहे घर से लकड़ी चटखने की आवाज़ें सुनाई दे रही थीं। शहर से छावनी तक चारों तरफ सड़कों पर लोगों की चिल्लाहट और शोरगुल बरपा था। अपने दरवाज़े के ठीक सामने वाली सड़क पर लोगों के इधर-उधर दौड़ने-भागने की आवाज़ें सुनाई दे रही थीं; रोने या छींक की आवाज़ से हम खतरे में पड़ सकते थे। ऐसा होने पर हम सूरज की चकाचौंध करने वाली तेज़ रोशनी में लपलपाती तलवारों वाले बाज़ार के खतरनाक गुण्डों के रहम पर निर्भर होते।

छोटे-से कमरे में हम आठ लोग थे—माँ, नानी, मैं, मेरी मौसेरी बहिन एनेट; मेरी माँ का सौतेला भाई पिल्लू जो मेरी ही उम्र का था, उसकी माँ; हमारी नौकरानियाँ चम्पा और लाडो; घर से भागते समय माँ के पीछे-पीछे आने वाले हमारे दो स्पैनियल काले और सफेद कुत्ते थे।

मिट्टी की जिस झोंपड़ी में हम छिपे थे, वह हमारे घर को बनाने में मदद करने वाले राज-मिस्त्री त्रिलोकी की थी। वह हमें अच्छी तरह से जानता था। विद्रोह शुरू होने से हफ़्तों पहले, जब माँ अपने नौकरों तथा दूसरे लोगों के साथ शाहजहाँपुर में विद्रोह होने की सम्भावना पर बात करती तब उनमें से एक त्रिलोकी ने मुसीबत में ज़रूरत के वक्त छिपने के लिए अपनी झोंपड़ी की पेशकश की थी। एहतियात के तौर पर माँ ने उसकी पेशकश मंजूर कर उससे झोंपड़ी की चाबी ले ली थी।

बाद में माँ ने बताया कि उस दिन जब वह सुबह को बरामदे में बैठी थी तब माली का एक लड़का भागता हुआ तेज़ी से उसके पास आया और चिल्लाकर बोला—''विद्रोह शुरू हो गया है, साहिब और मिसी-बाबा मारे गए हैं।'' हम दोनों के मारे जाने की खबर सुनकर माँ ने आवेश में आकर पास के कुएँ में छलांग लगानी चाही। नानी ने उनको पकड़ लिया और जल्दबाज़ी में कुछ न करने के लिए अनुरोध किया, ''ऐसा करने पर बाकी के हम सब लोगों का क्या होगा?'' यह सुनकर उन्होंने सड़क पार की, उनके पीछे-पीछे दूसरे लोग भी हो लिए। त्रिलोकी के घर में जाकर अन्दर से दरवाज़ा बन्द कर लिया।

हम पूरा दिन झोंपड़ी में छिपे रहे। डरते रहे कि किसी भी वक्त हम ढूँढ लिए जाएंगे और मारे जाएंगे। खाने के लिए हमारे पास कुछ नहीं था, अगर होता भी तो हम खा नहीं पाते। मेरे पापा चल बसे थे, हमारा भविष्य पूरी तरह से अंधकारपूर्ण था। इस बारे में कोई भी बात करना हमें मुश्किल लग रहा था। दरवाज़े के झरोखों से गर्म हवा आ रही थी। हमारे गले सूख रहे थे। ढलती दोपहर के वक्त झोंपड़ी की पिछली खिड़की के बाहर लगे पेड़ से हमारे पास ठंडे पानी की मटकी डाली गई। रहमदिली का यह काम चिन्टा का था। हमारा घर बनने के वक्त वह हमारे यहाँ मज़दूरी करता था।

रात के लगभग दस बजे लाला जी वापिस आ गए। उनके साथ हमारा पुराना खानसामा धनी था। उन्होंने हमारे सामने अपने घर ले जाने का प्रस्ताव रखा। माँ बाहर निकलने से डर रही थी। लाला जी ने हमें आश्वासन दिया कि उस समय बाहर सड़कें बिल्कुल खाली थीं। हमारे ऊपर किसी तरह का हमला होने का कोई डर नहीं था। आखिरकार माँ जाने के लिए मान गयीं।

हम दो टुकड़ियों में बँट गए। लालाजी एक हाथ में तलवार और दूसरे हाथ में छतरी लेकर आगे-आगे चल रहे थे। माँ, एनेट और मैं एक-दूसरे का हाथ पकड़कर उनके पीछे-पीछे चल रही थीं। माँ ने हमारे ऊपर एक चादर, जिसे वह घर छोड़ते वक्त अपने साथ ले आई थी, डाल दी। हम मेन सड़क से दूर रहे। घूम-घाम कर जमादारों की बस्ती से होते हुए पन्द्रह मिनट में लालाजी के घर जा पहुँचे। वहाँ पहुँचने पर लालाजी ने बैठने के लिए चारपाई दी। वे खुद चौकड़ी मार कर नीचे ज़मीन पर बैठ गए।

त्रिलोकी का घर छोड़ते समय माँ ने अपना बड़ा-सा चाबियों का गुच्छा वहीं पर फेंक दिया था। जब मैंने पूछा कि उन्होंने ऐसा क्यों किया तब उन्होंने हमारे जले हुए बंगले की तरफ इशारा करके कहा—''अब वे हमारे किस काम की थीं?''

खानसामा धनी भी दूसरी टुकड़ी के साथ आ पहुँचा। उसके साथ प्यारी नानी, पिल्लू और उसकी माँ, चम्पा, लाडो और दोनों कुत्ते थे। लालाजी के छोटे-से घर में हम आठ प्राणी थे। जहाँ तक मुझे याद है उनका अपना परिवार भी हमारे जितना ही बड़ा था।

हमें खाना परोसा गया लेकिन हमसे खाया नहीं गया। हम सब सोने के लिए लेट गए। माँ, नानी और मैं चारपाई पर लेट गई बाकी सब नीचे फर्श पर लेट गए थे। रात के अंधेरे में मैं अपनी माँ की छाती में मुँह छिपाकर मन का बोझ हल्का करने के लिए बुरी तरह से रोती रही। माँ भी रो रही थी लेकिन चुपचाप। मेरे ख्याल में जब मेरी आँख लगी वह तब भी रो रही थी।

लालाजी के घर में

*** ***

लाला रामजीमल जी के परिवार में उनके अतिरिक्त उनकी पत्नी, माँ, बुआ और बहन थीं। घर में केवल औरतें ही थीं। अचानक हमारे वहाँ पहुँच जाने पर भी स्थिति में कोई परिवर्तन नहीं आया था। वास्तव में लालाजी के लिए लगभग बारह अर्धविक्षिप्त औरतों को संभालना धैर्य और सहनशक्ति के परीक्षण का समय था।

निस्संदेह उनका परिवार हमें जानता था। लालाजी की माँ और बुआ हमारे कुँए पर पानी लेने के लिए आती थीं; हमारे घर के पास बने छोटे-से मन्दिर में आकर बेल-पत्र चढ़ाती थीं। शुरू-शुरू में उनको हमारे पास आने में हिचकिचाहट हुई; हम भी अपनी परेशानियों में उलझे घर के एक कोने में इकट्ठे बैठे एक-दूसरे को देख-देखकर रोते रहे। लालाजी की पत्नी ने आकर हमें पत्तलों में खाना परोस दिया। दोपहर बाद हमने चौबीस घंटे में पहली बार खाना खाया था। भरपेट खाना खाने के बाद हम संतुष्ट थे।

मिट्टी से बना छोटा-सा साधारण घर था, उसमें चार सपाट छत वाले कमरे, सामने एक नीचा बरामदा और पिछवाड़े में दालान था। बिना किसी शान-औ-शौकत के छोटा-सा घर था। उसमें मामूली आमदनी वाला परिवार रहता था।

लालाजी की पत्नी कद-काठी में छोटी, गोरे रंग की जवान औरत थी। हम उनका नाम नहीं जानते थे। रिवाज के मुताबिक पति-पत्नी एक दूसरे को नाम

लेकर नहीं बुलाते थे । हाँ, उनकी सास उनको 'दुल्हन' कहकर पुकारती थी ।

रामजीमल जी खुद एक लम्बे, पतले, बड़ी-बड़ी मूँछों वाले आदमी थे । वे दूसरे कायस्थों की तरह हमेशा विनम्रतापूर्वक बात करते थे परन्तु दूसरे लोगों में दुर्लभ उनमें दृढ़संकल्प व आत्माभिमान था ।

उनके यहाँ पहुँचने के दूसरे दिन मैंने उनकी माँ को उनसे बात करते सुना—"लालाजी, तुमने इन अंग्रेज़ औरतों को यहाँ लाकर बहुत बड़ी भूल कर दी है । लोग क्या कहेंगे ? विद्रोही सिपाहियों को जब यह बात पता चलेगी तब वे यहाँ आकर हमें मार डालेंगें ।"

"जो सही था, मैंने वही किया," लालाजी ने शान्त स्वर में जवाब दिया—"मैंने अंग्रेज़ औरतों को पनाह नहीं दी, अपने दोस्तों को पनाह दी है । लोगों को जो अच्छा लगे, वे सोचें और कहें ।"

वे घर से बाहर बहुत कम जाते थे ।.ज्यादातर वक्त सामने वाले दरवाज़े के आगे बैठकर अपना छोटा-सा हुक्का गुड़गुड़ाते रहते या फिर आते-जाते किसी दोस्त को बिठाकर शतरंज खेलते । कुछ दिनों के बाद लोगों को शक होने लगा कि घर में कोई है जिसकी वजह से लाला जी बेहद चौकन्ने रहते हैं लेकिन उन्हें यह मालूम नहीं था कि ये मेहमान कौन हो सकते हैं । लालाजी अपने परिवार पर भी कड़ी नज़र रखते ताकि कोई किसी से .ज्यादा बात न कर पाए, न ही किसी को घर के अन्दर घुसने देते थे । सामने के दरवाज़े पर हर वक्त सांकल लगी रहती थी ।

यह हैरानी की ही बात है कि हम लोग वहाँ पर इतने दिनों तक छिपकर रह पाए क्योंकि हमारे कुत्ते किसी का भी ध्यान घर की तरफ खींच सकते थे । हालाँकि उनको देने के लिए हमारे पास अपना बचा-खुचा खाना देने के सिवाय और कुछ नहीं था । लाला जी की बुआ ने माँ को बताया कि उन्होंने हमारे तीसरे कुत्ते को जो हमारे साथ नहीं आ पाया था, हमारे जले हुए बँगले के इर्द-गिर्द चक्कर काटते देखा था । विद्रोह शुरू होने वाले दिन, वह अपने मालिक के लौटने का इन्तज़ार करते हुए मर गया था ।

एक दिन हम फर्श पर बैठे हुए पिछले दिनों की घटनाओं के बारे में बातें कर रहे थे कि लालाजी अन्दर आए। भविष्य की चिन्ता ने हमारे दुःख को पीछे धकेल दिया था। हम बिना किसी उन्माद के बीती बातों पर चर्चा कर रहे थे।

लालाजी अपनी तलवार, जो उनसे कभी अलग नहीं होती थी, को हाथ में लेकर ज़मीन पर बैठ गए। मेरे खयाल से उन्हें अपने इस हथियार को इस्तेमाल करने का अभी तक कोई मौका नहीं मिला था। यह तलवार उनकी अपनी नहीं थी बल्कि तहस-नहस मैदान में पड़ी मिली थी।

''क्या तुम समझते हो कि हम तुम्हारे घर में सुरक्षित हैं लालाजी?'' माँ ने पूछा—''आजकल बाहर के हालात कैसे हैं?''

''आप यहाँ पर बिल्कुल सुरक्षित हैं,'' लालाजी ने तलवार की तरफ इशारा करके कहा—''इस घर में कोई भी मेरी लाश के ऊपर से गुज़र कर ही अन्दर आ सकता है। यह सच है कि मुझ पर काफिरों को घर में पनाह देने के लिए शक होने लगा है। कई लोग मुझसे यह सवाल पूछ चुके हैं कि मैं अपने घर पर इतनी कड़ी निगरानी क्यों करता हूँ। मेरा जवाब होता है कि विद्रोह की वजह से मेरा काम-धन्धा ठप्प हो गया है, अब मेरे से घर के बाहर बैठकर अपनी औरतों की देख-रेख करने के अलावा और क्या उम्मीद की जा सकती है। फिर वे सवाल करते हैं कि मैं भी और सब लोगों की तरह नवाब के पास क्यों नहीं जाता।''

''कौन सा नवाब, लालाजी?'' माँ ने पूछा।

''शहर में सिपाहियों के घुसने के बाद उनके लीडर सूबेदार-मेजर ने कादर अली खाँ को नवाब बना दिया और इस बात का शहर में ढिंढोरा पिटवा दिया। एक पेंशनर निज़ाम अली को कोतवाल बना दिया। जावेद खान और निज़ाम अली को बड़ी जिम्मेवारी सौंपी गयी लेकिन निज़ाम अली ने इस जिम्मेवारी को लेने से इन्कार कर दिया।''

''और पहले यानि जावेद खान ने?''

''उसने अभी तक कोई कार्यभार नहीं संभाला क्योंकि वह और अज्जू खान साहिब लोगों के घरों को लूटने-खसोटने में लगे हैं। जावेद खान ने खज़ान्ची पर भी हमला करवा दिया था। यह इस प्रकार हुआ :

'' जैसा कि आप जानती हैं कि जावेद खान शहर का सबसे बड़ा गुण्डा है।

नवाब की ताजपोशी के बाद जब सिपाही अपनी छावनियों में लौट रहे थे तब जावेद खान ने उनके कमाण्डर से मुलाकात की। यह जानने के बाद कि रेजीमेंट शाहजहाँपुर छोड़कर बरेली में विद्रोहियों का साथ देने जा रही थी, उसने सूबेदार-मेजर घनश्यामसिंह को शाहजहाँपुर छोड़ने से पहले 'रोजा रम फैक्टरी' पर हमला करने के लिए राज़ी कर लिया। (रोजा रम फैक्टरी आज भी चल रही है) सूबेदार जोरावरसिंह की अगुवाई में सिपाहियों की एक टुकड़ी जावेद खान के साथ चल पड़ी। उन्होंने झुन्नालाल खजान्ची के घर के आगे वाला रास्ता पकड़ा। वहाँ रुककर उन्होंने झुन्नालाल से फिरौती माँगी। किस्मत की बात है कि उसी दिन सुबह झुन्नालाल को जलालाबाद के तहसीलदार ने छः हजार रुपए दिए थे। सूबेदार ने वे सब रुपये छीन लिए। झुन्नालाल ने जब और कुछ देने से इन्कार कर दिया तब उसको हाथ-पैर बाँधकर पेड़ पर उलटा लटका दिया। यही नहीं, जावेद खान ने उसके सब बही-खाते छीनकर कुएँ में फेंक दिए। कहने लगा 'क्योंकि तुम हमारी माँग पूरी नहीं कर रहे हो इसलिए वे रहे तुम्हारे बही-खाते। अब तुम्हारे पास औरों से उगाही करने के लिए कोई सबूत नहीं बचा है।

" उन लोगों के चले जाने के बाद झुन्नालाल के नौकरों ने उसको पेड़ से नीचे उतारा। वह डर और सिर से खून बहने की वज़ह से अधमरा हो गया था। होश में आने के बाद उसने नौकरों को कुँए से बही-खाते बाहर निकाल लाने के लिए कहा।"

"और रोजा फैक्टरी का क्या हुआ?" मैंने पूछा।

"जावेद खान के साथियों ने उसमें आग लगा दी। कम से कम 70,000 गैलन रम के साथ बड़ी मात्रा में गुड़ भी बर्बाद हो गया। बचे हुए गुड़ को वे अपने साथ ले गए। जावेद खान के हिस्से से गुड़ की पूरी गाड़ी आई थी।"

अगले दिन जब लाला जी हमारे पास आकर बैठे, वे हर रोज़ कम से कम एक घण्टा हमारे पास आकर ज़रूर बैठते थे, मैंने उनसे एक सवाल, जो लम्बे समय से दिमाग में चक्कर काट रहा था परन्तु डर था कि उसका जवाब शायद नहीं मिलेगा, पूछ ही लिया—अपने पिता की लाश के बारे में।

" मिसी बाबा, यह बात मुझे तुम्हें बहुत पहले बता देनी चाहिए थी,"

उन्होंने कहा—''डरता था कि तुम परेशान हो जाओगी। जिस दिन तुमको अपने घर लाया था, उससे अगले दिन दोबारा चर्च गया था। वहाँ पर मैंने तुम्हारे पिताजी, कलेक्टर साहिब और डॉ. साहिब की लाशों को उसी स्थान पर पड़े हुए देखा, जिस स्थान पर वे पहले दिन पड़े थे। खुले में पड़े रहने तथा भीषण गर्मी के बावजूद उनसें कोई विकार नहीं आया था; न ही चील-गिद्धों, सियारों ने उनको छुआ था। केवल उनके पैरों में जूते नहीं थे।

''जब मैं वापिस मुड़ने लगा तो मुझे दो मुसलमान भाई दिखाई दिये। वे कैप्टन जेम्स, जिनकी चर्च से थोड़ी दूरी पर गोली मारकर हत्या कर दी गई थी, की लाश को भीतर ला रहे थे। उन्होंने उस लाश को भी तुम्हारे पिताजी और डॉ. बाऊलिंग के बराबर में लिटा दिया। उन्होंने मुझ से कहा कि वे मारे गए ईसाइयों की लाशों को दफनाना चाहते हैं। मैंने कहा कि वे ऐसा करके खतरा मोल ले रहे हैं। नवाब के आदमी उनपर फिरंगियों के साथ हमदर्दी रखने का इल्ज़ाम लगा सकते हैं। उनका जवाब था कि वे खतरे से वाकिफ थे, लेकिन उनकी अन्तरात्मा उनको यह करने के लिए प्रेरित कर रही थी, वे इसका परिणाम भुगतने के लिए तैयार थे।

''उनकी बातें सुनकर मुझे अपने-आप पर शर्म आई। अपना अचकन उतार कर चर्च के बाहर खुदे गड़्ढे में उन लाशों को लिटाने में मदद करने लगा। वहाँ पर लेटी हुई मि. मैकुलम, पादरी साहिब और असिस्टेंट कलेक्टर मि. स्मिथ की लाशों को देखकर पहचान गया। सभी छः लोगों को साथ-साथ दफना दिया। कब्र को एक बड़े पत्थर की स्लैब से ढक दिया। हर कब्र की शिनाख्त के लिए उस पर समानान्तर लाइनें खींच दीं। हमने सारा काम एक घण्टे में खत्म कर दिया था। उस जगह को छोड़ते वक्त मुझे कितना सकून मिला, बता नहीं सकता।''

रामजीमल की बातें सुनकर हम भावावेश में बह गए थे। भावावेश से बाहर निकलने के बाद मैंने पूछा—''पादरी मि. मैकुलम की मौत कैसे हुई? जहाँ तक मुझे याद था जब विद्रोही चर्च में दाखिल हुए थे तब मैंने उनको प्रवचन मंच से उतर कर मि. रिकेटस की माँ के साथ सभागार से भागते हुए देखा था।

‘‘इस बारे में.ज्यादा कुछ नहीं बता सकता,’’ लालाजी ने कहा–‘‘मैं केवल इतना जानता हूँ कि जब सिपाहियों ने मि. रिकेटस पर हमला किया तब मि. मैकुलम खरबूज़ों के खेत में पहुँच गए थे। वे खरबूज़ों की बेलों में छिप गए थे लेकिन विद्रोहियों की दूसरी टुकड़ी ने उनको देख लिया और तलवारों से खत्म कर डाला।’’

‘‘बेचारे मि. मैकुलम!’’ माँ ने ठंडी साँस ली–‘‘कभी किसी को नुकसान न पहुँचाने वाले साधारण आदमी थे, और आर्थर स्मिथ का क्या हुआ, लालाजी,’’ माँ ने अपने अधिकांश जान-पहचान वाले आदमियों के बारे में जानना चाहा।

‘‘असिस्टेंट साहब का कत्ल शहर में कर दिया गया था। विद्रोह के वक्त वे अपने बँगले में बुखार में पड़े थे। वे छावनी छोड़कर शहर जाना चाह रहे थे। उनका ख्याल था कि केवल सिपाहियों ने ही विद्रोह किया था। कोर्ट पहुँचने पर उन्होंने उसे तहस-नहस, बुरी हालत में देखा। जब वे गली में खड़े थे तब उनके इर्द-गिर्द भीड़ जमा हो गई और उनको धक्के मारने लगी। किसी ने अपनी तलवार की मूठ से उनके शरीर को कुरेदा। मि. स्मिथ को गुस्सा आ गया। उन्होंने अपनी रिवाल्वर निकाल कर उस आदमी पर गोली चला दी। बदकिस्मती से स्मिथ साहब की रिवाल्वर का ढक्कन कट-कट करने लगा और वे गोली नहीं चला पाए। उन्होंने दोबारा उस आदमी के ऊपर निशाना साधा परन्तु इस बार गोली का निशाना चूक गया। गोली उस आदमी की धातु से बनी बैल्ट पर लग कर बिना कोई नुकसान पहुँचाए नीचे गिर गई। मि. स्मिथ ने निराश होकर अपनी रिवाल्वर दूर फेंक दी। अब उस आदमी ने उन पर तलवार से वार कर अपने कदमों में ला गिराया। भीड़ उन पर टूट पड़ी। किस्मत स्मिथ साहब के विरुद्ध थी। कम्पनी के बहादुर का मान-सम्मान खत्म हो गया था। कभी किसी ने रिवाल्वर का ढक्कन न खुलने अथवा बैल्ट में गोली लगने की बात नहीं सुनी थी।’’

नाम परिवर्तन

* * *

लाला रामजीमल जी से सुनी खबरों के मुताबिक शाहजहाँपुर का प्रत्येक यूरोपियन जून के मध्य तक मारा गया था। भले ही शहर में न मारा गया हो लेकिन खन्नौत नदी के दूसरी तरफ मुहमदी में, जहाँ पर अनेक लोग, जिनमें मिसेज़ बाऊलिंग और उसका बच्चा भी था, भाग गए थे, मारे गए थे। जीवित लोगों में केवल हम लोग (बाद में पता चला था कि) और रैडमैन परिवार था। हम केवल इसलिए ज़िन्दा थे कि बाहरी दुनिया की नज़रों में हम भी मर चुके थे। यह बात उस वक्त पता चली जब कोई औरत दरवाज़े पर मछली बेचने के लिए आई।

लालाजी की पत्नी ने कहा—''बहुत दिनों के बाद इधर आई हो, आज भी शायद तुम्हारी बिक्री नहीं हुई है?''

''अरे ललैन!'' औरत ने कहा—''अब कोई खरीदार ही कहाँ बचा है? फिरंगी चले गए हैं। एक वक्त था जब मैं हर रोज़ लेबेड्डूर के घर पर जाती थी, कभी भी चार-पाँच आने की कमाई किए बिना नहीं लौटती थी। मेम साब केवल मुझसे मछली खरीदती ही नहीं थी, कभी-कभी मुझसे अपने लिए मछली पकवाती भी थी। उसके लिए वे मुझे अलग से दो आने देती थीं।''

''अब उनका क्या हुआ?'' ललैन ने पूछा।

''क्यों? साहब और उनकी बेटी तो चर्च में मारे गए थे जबकि मेम साब ने

नदी में कूद कर जान दे दी थी।''

"क्या इस बात पर तुमको पक्का यकीन है?'' ललैन ने कहा।

"हाँ, पक्का यकीन है,'' औरत ने जवाब दिया—दूसरे दिन जब मेरा घर वाला नदी में मछली पकड़ रहा था तब उसने खन्नौत नदी में उनकी लाश को बहते देखा था।''

लाला रामजीमल के घर पर रहते हुए हमें दो हफ्ते हो गए थे। हमारे कपड़े फटे-चीथड़े और गन्दे हो रहे थे। अपने साथ घर से कपड़े लाने के लिए हमारे पास वक्त नहीं था, न ही उनको बदल पाना मुमकिन था। एक ही रास्ता था कि हम हिन्दुस्तानी पोशाक पहनना शुरू कर देतीं। माँ ने ललेन से कुछ पेटीकोट और हल्की ओढ़नी उधारी ले ली और उनसे हमारे नाप के कपड़े सिल दिए। गन्दे हो जाने पर हम उन्हें पीछे दालान में धो लेतीं और उनके अधसूखे होने तक अपने-आपको चादरों में लपेटे रखतीं।

माँ ने हिन्दुस्तानी नाम रखने में ही भलाई समझी। मेरा नाम 'खुर्शीद' रखा। पर्शियन भाषा में इस शब्द का मतलब है 'सूरज'। कद-काठी में छोटी मेरी मौसेरी बहन का नाम 'नन्हीं' और पिल्लू का नाम रखा 'गुलाम हुसैन', उसकी माँ खुद-ब-खुद गुलाम हुसैन की माँ कहलाने लगी। बेशक नानी को सब 'बड़ी बी' कहकर बुलाते थे। हमारे लिए मुस्लिम नाम रखना आसान था क्योंकि हम उर्दू भाषा अच्छी तरह से जानते थे और नानी तो वास्तव में रामपुर के मुस्लिम परिवार से थी। जल्दी ही हम लालाजी के घर के रहन-सहन में घुल-मिल गए थे। किसी पहले जान-पहचान वाले आदमी के लिए भी हमें लेबेडूर परिवार के रूप में पहचान पाना मुश्किल था।

लालाजी के घर में भी हँसी-मज़ाक चलता रहता था। वहाँ पर हमारे साथ लालाजी के किसी रिश्तेदार इमरत लाल की बीवी रत्ना रहती थी। वह लम्बी थी, बदसूरत मानी जाती थी। इमरत लाल छोटे कद का हट्टा-कट्टा आदमी था। रत्ना से उसके कोई औलाद नहीं थी। कुछ दिनों के बाद उसने अपने घर की पनिहारिन, जो उसी की तरह तगड़ी और नाटी थी, के साथ प्रेम सम्बन्ध बना लिए। उससे

उसके यहाँ दो बेटे पैदा हुए। हालाँकि उसकी औलाद की इच्छा पूरी हो गई थी फिर भी दोनों बीवियों के रात-दिन के लड़ाई-झगड़े ने उसका सुख-चैन छीन लिया था। पेशे से वह ज्योतिषी था। एक दिन ग्रह-नक्षत्रों की दशा देखकर उसने अपने परिवार का साथ छोड़कर कहीं और जाकर किस्मत आज़माने का फैसला किया। बीवियों को रामभरोसे छोड़ दिया। बीवियों ने आपस में लड़ाई-झगड़ा बन्द कर दिया और एकसाथ रहने लगीं। पहली बीवी ने गुज़ारे के लिए सिलाई का काम शुरू कर दिया और दूसरी ने पीसने का काम। कभी-कभार ईर्ष्या की वज़ह से झगड़ा हो जाता था। दूसरी बीवी पहली को बाँझ होने का ताना मारती और पहली बीवी दूसरी बीवी को जवाब देती—‘‘पानी खींचने पर हाथ-पैर में गाँठ पड़ जाती थी, अब चक्की पीसने पर अंगुलियों में गाँठ पड़ जाती होंगी; अब और कहाँ पर गाँठ डालने वाली हो?’’

इमरत लाल संन्यासी और भविष्यवाणी करने वाला ज्योतिषी बन गया था। हरिद्वार में आराम से ज़िन्दगी गुज़ार रहा था। उसका पता-ठिकाना पता चल जाने पर दूसरी बीवी ने चिट्ठी नवीस से उसके नाम एक चिट्ठी लिखवाई। जब उसने उसको चिट्ठी पढ़कर सुनाने के लिए कहा—क्योंकि मैं उर्दू जानती हूँ—तो सुनाया :

‘‘भलेमानुष, तुम सरसों के तेल की तरह, जिसे शरीर सोख लेता है अपने पीछे सिर्फ अपनी बू छोड़ जाता है, न जाने कहाँ गायब हो गए? तुम, जो मेरी आँखों के सामने गोल-गोल नाचते रहते थे, उल्लू की आँखों की तरह मुझे अन्धेरे में घूरते थे। क्या तुम इस चिट्ठी के मिलने पर, जो तुम्हारे लिए मेरी बेपनाह मोहब्बत की गवाह है, भी अपनी अंगुली मुझपर उठाओगे? जब तुम्हें मुझसे प्यार था ही नहीं तो मुझे अपनी ‘लाडो’ (प्यारी) कहकर क्यों पुकारते थे? उस छड़ी जैसी औरत, जिसको तुम दुष्टता से कीमती पत्थर, रत्ना कहकर बुलाते थे, के ताने सुनने के लिए यहाँ छोड़ दिया है। कौन बेवफ़ा है—तुम या मैं? तुमने मेरी भावनाओं के साथ इस प्रकार खिलवाड़ क्यों किया? चुल्लू-भर पानी में डूब मरो, या फिर लौटकर मेरी कट्टर दुश्मन को अपने गले का हार बना लो, या मेरे प्यार को ठुकरा कर उसके पुतले को ताबीज़ बनाकर अपनी बाज़ू पर सात बार लपेट लो।’’

इस चिट्ठी का उसके पास कोई जवाब नहीं आया। हो सकता है चिट्ठी

मिलने के बाद उसने दोबारा ग्रह-नक्षत्रों की गणना की हो, अपने परिवार को सहृदय रिश्तेदार लाला रामजीमल जी की देख-रेख में छोड़कर और आगे पहाड़ों में जाकर रहने का फैसला कर लिया हो।

भीषण गर्मी पड़ रही थी। हम सब लालाजी और उनके परिवार की महिलाओं के साथ बाहर दालान में सोते थे। हमारा एक बड़ा परिवार बन गया था। माँ को छोड़कर सभी गहरी नींद सोते थे। माँ दिन में आराम कर लेने के बाद रात को जागती रहती और हमारी रखवाली करती थी। हर रोज़ रात को न सोने का फैसला, उनको जागते देखना तकलीफदेह होता था। उनके मन में खतरे की आशंका पहले की तरह ही दृढ़ थी। लालाजी उनके आगे हाथ जोड़कर कहते—‘‘मेहरबानी करके सो जाओ, मरियम! अपने कर्तव्य से पीछे हटूँ तो मुझे माथुर मत कहना।’’ उनका केवल एक ही जवाब होता था, वे अपने पास रखने के लिए एक छुरा माँगती थी। लालाजी ने उनको एक पुराना ज़ंग लगा छुरा दे दिया। उन्होंने बड़ी मेहनत से उसको साफ किया और उसकी धार तेज़ की।

एक दिन आया जब माँ को उसे इस्तेमाल करने की ज़रूरत महसूस हुई।

रात के दस बजे थे। माँ को छोड़कर सब अपने-अपने बिस्तर पर लेट गए। माँ अभी भी मेरी चारपाई के पैताने बैठी थी। मैं अभी ऊँघ ही रही थी कि उन्होंने कहा कि उन्हें चमेली के फूलों की खुशबू आ रही है। यह अजीब बात थी, क्योंकि घर के आस-पास चमेली का कोई पौधा नहीं था। उसी वक्त ऊँची दीवार के ऊपर से मिट्टी का ढेला नीचे गिरा। ऊपर देखने पर हमें एक आदमी की काली आकृति दिखाई दी। कुछ ही दूरी पर दालान में उगे नीम के पेड़ के बीच छिपा हुआ एक और आदमी दिखाई दिया। माँ ने अपने तकिये के नीचे से छुरा निकाल लिया। और बोली—‘‘जो भी आदमी उनको हाथ लगाने की कोशिश करेगा वे उसके टुकड़े-टुकड़े कर देंगी।’’ उनकी दहाड़, जो अपने बच्चों की रखवाली कर रही शेरनी की तरह थी, सुनकर वे घुसपैठिए रात के अन्धेरे में चुपचाप गायब हो गए।

इस घटना से हमें यकीन हो गया कि हम अभी भी असुरक्षित थे। हमारे यहाँ रहने की जानकारी और लोगों को भी थी। कुछ दिनों के बाद एक और घटना हुई जिसने हमें और ज्यादा परेशान कर दिया।

हमारे साथ आने वाली दो नौकरानियों में से एक लाडो को रहने के लिए घर का एक कोना दे दिया था। उसकी बेटी की शादी वहीं शहर के तलवार की धार तेज़ करने वाले कारीगर के साथ हुई थी। विद्रोह के बाद से ही वह लाडो की तलाश कर रहा था। यह खबर सुनकर कि लालाजी के घर में फिरंगी छिपे हैं, वह 23 जून को सामने वाले दरवाज़े पर आ खड़ा हुआ और लालाजी से बोला—‘‘मुझे पता चला है कि मेरी सास यहाँ पर है। मैंने सब जगह पूछ-ताछ की और लोग बता रहे हैं कि उन्होंने उसको यहीं तक आते देखा था। इसलिए लालाजी आपसे मेरी बिनती है कि मुझे उसको ले जाने दीजिए वर्ना मैं आपके लिए मुसीबत खड़ी कर दूँगा।’’

लालाजी ने कहा कि उन्हें लाडो के बारे में कुछ अता-पता नहीं है। वह आदमी अपनी बात पर अड़ा रहा और घर की तलाशी लेने के लिए ज़ोर देने लगा।

‘‘तुम ऐसा कुछ भी नहीं करोगे,’’ लालाजी बोले—‘‘तुम बदतमीज़ आदमी, दूर चले जाओ। तुमने मेरे घर के ज़नाने में जाने की बात करने की हिम्मत कैसे की?’’

आदमी झुंझला कर चला गया, धमकी देता गया कि वह इस बात की खबर नवाब को देगा। घर पर सिपाहियों के साथ आएगा।

लाडो ने जब इस घटना के बारे में सुना तो इससे पहले कि उसका दामाद हमारे लिए कोई मुसीबत न खड़ी कर दे, वह माँ के कदमों पर गिरकर उस जगह को छोड़कर जाने के लिए ज़िद करने लगी। उसने मुझे और मेरी मौसेरी बहन को आशीर्वाद दिया और रोती हुई घर से बाहर निकल गई। बेचारी लाडो! वह बहुत सालों से हमारे साथ थी और सब उससे प्यार करते थे। हमारी मुसीबत के वक्त अपनी वफादारी से हमारे दिल जीत लिए थे।

शाम के वक्त घर लौटने पर लालाजी ने हमें बताया कि लाडो के ऊपर क्या बीती थी। वह शहर में अपने दामाद से मिली।

‘‘माँ, तुम कहाँ थीं?’’ उसने कहा—‘‘मैं तुमको सब जगह ढूँढ-ढूँढ कर हार गया था। आज अचानक कहाँ से प्रगट हो गई हो?’’

‘‘मैं अभी-अभी फतेहगढ़ से लौटी हूँ।’’ उसने कहा।

‘‘क्यों माँ? तुम्हें फतेहगढ़ जाने की क्या ज़रूरत आन पड़ी थी? उन अंग्रेज़

औरतों, जिसके पास तुम काम करती थीं, का क्या हुआ?''

''मुझे क्या मालूम कि उनका क्या हुआ?'' लाडो ने जवाब दिया—''मेरे ख्याल में तो वे सब के सब मारे गए हैं। किसी ने लेबेडूर मेम-साब को खन्नौत नदी में डूबते देखा था।''

नवाब ने हमारी पुरानी नौकरानी के अचानक प्रगट हो जाने की बात सुनी। उसने लाडो को बुलवा भेजा और उससे सवाल पूछने शुरू कर दिए लेकिन लाडो एक ही बात पर अड़ी रही कि वह नहीं जानती थी कि हमारा क्या हुआ था।

नवाब ने उसको गालियाँ दी—''यह मुरदार मेरे साथ इधर-उधर की बातें कर रही है,'' उसने कहा—''यह जानती है कि वे कहाँ पर हैं लेकिन बता नहीं रही है। कसम खाता हूँ उनके बारे में सब कुछ नहीं बताओगी तो तुम्हारा सिर कटवा दूँगा। तुम सुन रही हो न?''

''मेरे मालिक!'' लाडो ने सिर से पाँव तक काँपते हुए कहा—''जब मैं उनके बारे में खुद नहीं जानती तब आपको कैसे बता सकती हूँ? यह सच है कि मैं जलते हुए घर से उनके साथ बाहर निकली थी लेकिन उसके बाद वे कहाँ गए मुझे नहीं मालूम।''

''शैतान की औलाद,'' नवाब ने गाली दी—''यह मुझे हिंसा करने पर आमादा कर रही है, सच छिपा रही है। ठीक है उसके साथ उसी की तरह मीठा बर्ताव किया जाए।''

दो आदमियों ने आगे बढ़कर लाडो के बाल पकड़ लिए, उसके गले पर नंगी तलवार रख दी। बेचारी, गरीब लाडो उन आदमियों की गिरफ्त में छटपटाती रही, तड़पती रही, अपनी अबोधता के लिए दया की भीख माँगती रही।

''मैं आपके सिर की कसम खाती हूँ, मेरे मालिक, मैं कुछ नहीं जानती।''

''तो तुम मेरे सिर की कसम भी खा सकती हो!'' नवाब को गुस्सा आ गया—''ठीक है, जब तुम्हें तलवार का भी खौफ नहीं है तो मेरे ख्याल में तुम को वाकई कुछ नहीं मालूम है। उसको रिहा कर दो।''

डर की वजह से अधमरी लाडो को छोड़ दिया गया और वह अपने रास्ते चली गई।

नया नवाब

*** *** ***

24 जून को ज़ोर-ज़ोर से ढोल-नगाड़े बज रहे थे। दूर से आ रही बिगुल और ढोल बजने की आवाज़ें हमने भी सुनीं। विद्रोह शुरू होने के बाद हमने ऐसी आवाज़ें नहीं सुनी थीं। हम हैरान थे कि क्या हो रहा था? सड़क पर शोरगुल और घोड़ों की टापों की आवाज़ थी। बेसब्री से हम लालाजी के आने का इन्तज़ार करने लगीं। वे ही हमारी उत्सुकता को शान्त कर सकते थे।

"क्या आज नवाब बदल रहा है?" उनके आते ही माँ ने पूछा—"हम पर इसका क्या असर पड़ेगा?"

" अभी कुछ भी कहना मुश्किल है। गुलाम कादर खाँ भी पहले नवाब जैसा ही है। दोनों एक ही खानदान से ताल्लुक रखते हैं। दोनों ही कम्पनी राज के खिलाफ थे। फर्क सिर्फ इतना है—कादर अली दुराचारी था और कई तरह से कमज़ोर था; गुलाम कादर मज़बूत और कहते हैं कि सदाचारी है लेकिन उसने भी इस मुल्क से फिरंगियों का सफाया करने का दृढ़ निश्चय कर रखा है।

" विद्रोह शुरू होने के वक्त वह अवध में था। वहाँ पर वह गाँवों के लोगों को अंग्रेज़ी हुकूमत को उखाड़ फेंकने के लिए उकसा रहा था। दोनों में मतभेद था। गुलाम कादर औरतों और बच्चों की हत्या करने के खिलाफ था। ऐसा न होता तो वह कादर अली के साथ मिलकर काम करता। इसके बावज़ूद कादर अली का

हुकुम चलता था। कुछ वक्त तक हालत पर नज़र रखने के ख्याल से गुलाम क़ादिर पीछे रहा।

''अब कई शक्तिशाली ज़मींदार जिनमें निज़ाम अली खाँ, विट्ठल सिंह, अब्दुल रऊफ यहाँ तक कि गुण्डा जावेद खान भी हैं, उसका साथ देने के लिए तैयार हो गए हैं। कल वह शाहजहाँपुर में दाखिल हुआ था और बिना किसी विरोध के नवाब की गद्दी सम्भाल ली थी। आज सुबह प्रमुख विद्रोहियों ने नये नवाब के दरबार में हाज़िरी दी थी। रात को इस सिलसिले में नवाब जश्न मनाएगा।''

''क्या तुम्हें लगता है कि वह हमें परेशान करेगा, लाला?'' दादी ने उत्सुकता से पूछा—''हम जैसे बेबस लोगों को मारकर उसे क्या फायदा होगा?''

''फिलहाल मैं यकीन के साथ कुछ भी नहीं कह सकता, बड़ी बी,'' लालाजी ने कहा—''हो सकता है वह अपने पूर्वाधिकारियों की तरह कुछ काफिरों को नेस्तनाबूद कर जनता की वाह-वाही लूटना चाहता हो। लेकिन शहर में एक अफवाह है कि उसके साथ कोई बड़ा दुःखद हादसा हुआ है।''

''क्या बात हो सकती है?'' माँ ने पूछा—''क्या उसकी बीवी मर गई है? लेकिन उसको दूसरी बीवी मिल जाएगी खास तौर पर अब जब कि वह नवाब बन गया है। वैसे भी उसके दुःख का हमारे ऊपर क्या असर पड़ सकता है?''

''इससे उसके काम-काज पर असर पड़ सकता है,'' लालाजी ने कहा—''अफवाह है कि उसकी जवान, खूबसूरत बेटी ज़ीनत का उसके प्रेमी ने अपहरण कर लिया है। उसको कहाँ पर ले गया है कोई नहीं जानता।''

''और प्रेमी?'' दूसरों की प्रेम कहानियों में कुदरती दिलचस्पी होने की वज़ह से माँ ने पूछा।

''लोगों का कहना है कि क़ादर अली का बेटा फरहत भी तभी से गायब है। शक है कि वह लड़की के साथ भाग गया है।''

''ओह, मुझे फरहत याद है,'' माँ ने कहा—''एक खूबसूरत नौजवान, अपने चितकबरे घोड़े पर सवार होकर अक्सर हमारे घर के आगे से गुज़रता था। फिर भी, हमें इससे क्या लेना-देना!''

''मैं उसी बात पर आ रहा हूँ, मरियम,'' लालाजी कहने लगे—''नये नवाब के गद्दी सम्भालते ही कुछ मुखबिरों (खबरियों) ने उसे लाडो की कहानी सुनाई

और सलाह दी कि तुम्हारे परिवार के बारे में जानने के लिए हमारे घर की तलाशी ली जाए। नवाब भी लेबेड़ूर साहब के बारे में जानना चाहते थे। उनके ख्याल में वे किसी को नुकसान न पहुँचाने वाले सीधे-सादे आदमी थे। जब उनको बताया गया कि और लोगों के साथ उनकी भी हत्या कर दी गई थी तब नवाब ने कहा—‘‘अच्छा तो यह बात है। फिर हमें उसकी औरतों की तलाश करने के लिए बेकार में माथा-पच्ची करने की जरूरत नहीं है। मुझे बेकसूर लोगों की हत्या करने में कोई दिलचस्पी नहीं।’’

‘‘हम उसकी इन बातों पर कितना यकीन कर सकते हैं?’’ माँ ने पूछा।

‘‘निज़ाम अली खान ने मुझे बताया था कि नवाब ने एक बार अपनी बेटी से वायदा किया था कि वह कभी भी फिरंगी औरतों और बच्चों के ऊपर अपना हाथ नहीं उठाएगा। मैं जानता हूँ कि इस बात पर अचानक यकीन करना मुश्किल है परन्तु मेरे ख्याल में निज़ाम अली की खबर .ज्यादातर भरोसे लायक होती है।’’

‘‘यह बात सच है,’’ माँ बोली—‘‘मेरे पति उसको अच्छी तरह से जानते थे। कई सालों तक हमारे पास उसके कम्पाउण्ड की ज़मीन पट्टे पर थी और हम नियमित रूप से उसका किराया देते थे।’’

‘‘हाँ, नवाब उनको पसन्द करते थे,’’ लालाजी ने कहा—‘‘उन्होंने उनको अपने निजी शस्त्रागार में बन्दूकों के साँचे तैयार करने का आर्डर दिया था। अगर नवाब निज़ाम अली जैसे आदमियों की सलाह पर चलता है तो यकीनन सरकारी कामकाज कादर अली खाँ की बनिस्बत .ज्यादा बेहतर तरीके से होगा।’’

अभी तक हम अपनी रोज़मर्रा की ज़रूरतों को पूरा करने के लिए पूरी तरह से लाला रामजीमल जी पर निर्भर थे। हलाँकि माँ के पास अपने ज़ेवरों के डिब्बे में, जिसे वह अपने साथ ले आई थी, थोड़े रुपए थे फिर भी वह उनको कभी-कभार ही खर्च करती थी।

एक दिन लाला जी दोनों हाथ जोड़कर माँ से बोले—‘‘मरियम, मुझे यह कहते हुए शर्म आ रही है कि अब मेरे पास पैसे खत्म हो गए हैं। कारोबार ठप्प पड़ा है, मेरे पास बचा-खुचा जो थोड़ा धन था वह खत्म हो गया है।’’

‘‘परेशान होने की ज़रूरत नहीं है, लालाजी,’’ माँ ने अपने ज़ेवर के डिब्बे से सोने के कुछ पतरे निकाल कर लाला जी को देते हुए कहा—‘‘यह सोना बाज़ार में ले जाइए, जिस भी कीमत पर बिके बेच दीजिए।’’

लालाजी भावुक हो गए। साथ ही साथ इस आकस्मिक मदद मिलने से बहुत खुश थे।

‘‘मैं अभी बाज़ार जाता हूँ, देखता हूँ कि क्या मिलता है,’’ उन्होंने कहा—‘‘मेरा एक सुझाव है, मरियम! हम सब को बरेली चले जाना चाहिए। वहाँ पर मेरा भाई है, तुम्हारे भी कुछ रिश्तेदार हैं। कम से कम वहाँ पर मकान के किराए की बचत तो होगी, जो मैं यहाँ पर देता हूँ। अगर तुम रज़ामंद हो तो मेरे पास दो बैलगाड़ियाँ हैं, उनमें हम सब आ सकते हैं।’’

हमने लालाजी का सुझाव फौरन मान लिया और लालाजी खुशी-खुशी बाज़ार की तरफ चल दिए। इस बात का कतई अंदेशा नहीं था कि जल्दी ही हमारी सुरक्षा की पूरी योजना नाकामयाब हो जाएगी।

पकड़े जाना

✳ ✳ ✳

तकरीबन पिछले एक महीने से हम लालाजी के साथ थे। उस घर में हमारा यह आखिरी दिन था।

हमेशा की तरह हम सब एक कमरे में बैठकर अपने भविष्य के बारे में सलाह-मशवरा कर रहे थे। अचानक हमारा ध्यान बाहर से आ रही आदमियों की आवाज़ों की तरफ गया।

''दरवाज़ा खोलो,'' कोई चिल्ला कर बोला। सामने के दरवाज़े पर ज़ोर-ज़ोर से थपथपाहट होने लगी।

हमने उनके पुकारने का कोई जवाब नहीं दिया और एक-दूसरे की तरफ घबरा कर देखने लगीं। ललैन, जो हमारे साथ ही बैठी थी, उठकर बाहर चली गई और हमारे कमरे पर बाहर से साँकल लगा दी।

''दरवाज़ा खोलो, वर्ना हम ज़बरदस्ती अन्दर घुस आएँगे,'' बाहर से किसी ने कहा। दरवाज़े पर थपथपाहट तेज़ होती जा रही थी।

आखिरकार रतना ने जाकर सामने वाले दरवाज़े को खोल दिया। बीस-तीस आदमी हाथों में तलवारें, बन्दूकें लिए अन्दर घुस आए। उनमें से एक, जो चिल्ला रहा था और सब का सरगना दिखाई दे रहा था, ने सभी औरतों को घर की छत पर जाने का हुक्म दिया। वह सभी कमरों में भगोड़े फिरंगियों को तलाश करना

चाहता था। लालाजी के परिवार के सामने उसकी बात को मानने के सिवाय और कोई चारा नहीं था। वे सब छत पर चली गई। अब सब आदमी हमारे कमरे के सामने पहुँच गए थे। हमने साँकल खुलने की आवाज़ सुनी।

सरगना अपने हाथ में नंगी तलवार लिए दरवाज़े को धक्का देकर अन्दर कमरे में घुस आया। "लेबेड्डूर की बेटी कहाँ है?" उसने माँ का हाथ पकड़कर उनके चेहरे पर सवालिया नज़र डालते हुए पूछा। "नहीं, यह उसकी बेटी नहीं है," कहकर उसने हाथ छोड़ दिया और मेरी तरफ देखने लगा।

"यही वह लड़की है," वह चिल्लाया। उसने मेरा हाथ पकड़ा और माँ से छुड़ाकर दालान की तरफ ले जाने लगा। उसने अपने दाँयें हाथ में तलवार ऊपर उठा रखी थी।

"नहीं," माँ कातर होकर चिल्लाई और मेरे सामने आकर खड़ी हो गई—"अगर तुम मेरी बेटी की ज़िन्दगी लेना चाहते हो तो पहले मेरी जान लेनी होगी। मैं अली की तलवार का वास्ता देकर विनती करती हूँ।"

खून की तरह लाल, कोटरों से बाहर निकलती आँखों में माँ तेजस्वी तथा अति विकराल दिखाई दे रही थी। मेरे ख्याल में हाथ में तलवार लिए हुए आदमी की बनिस्बत मुझे उनसे ज्यादा डर लग रहा था। सहज भाव के साथ मैं माँ के साथ चिपटी रही, अपनी बाँह उस आदमी की गिरफ्त से छुड़ाने की कोशिश की। वह आदमी मेरी माँ का चण्डीरूप देखकर इतना ज़्यादा प्रभावित हुआ कि उसके हाथ में तलवार की पकड़ ढीली पड़ गई। रूखी आवाज़ में हुक्म दिया कि अगर हमें अपनी ज़िन्दगी प्यारी है तो हम दोनों चुपचाप उसके पीछे चलें। नानी निराशा में अपने हाथ मसल रही थी, सब एक कोने में एक-दूसरे के साथ चिपके खड़े थे। अकेले लड़के पिल्लू को अपनी शाल के नीचे छिपा रखा था। तलवार वाला आदमी मुझे और मेरी माँ को अपने साथ लेकर चल पड़ा। पीछे-पीछे उसके गुर्गे आ रहे थे।

जून के आखिरी दिन थे। मानसून की बरसात शुरू नहीं हुई थी। दोपहर का वक्त था, धूप पूरी शिद्दत के साथ निकली थी। सख्त, सूखा, धूल-भरा मैदान। नंगे

पाँव, नंगे सिर हम अगवा करने वाले आदमी के पीछे बिना एक शब्द बोले कसाईघर ले जाई जा रही बेबस भेड़ों की तरह चल रही थीं। दूसरे साथियों ने अपनी नंगी तलवारों, जिनकी तेज़ धार सूरज की रोशनी में चमक रही थी, के साथ हमारे इर्द-गिर्द घेरा बना रखा था। हमें नहीं मालूम था कि हमें कहाँ पर ले जाया जा रहा था और हमारे साथ क्या होने वाला था।

आधा मील चलने के बाद, गर्मी से तपती सड़क पर चलने की वजह से हमारे पाँवों में छाले पड़ गए थे। हमें अगवा करने वाला एक छोटी-सी मस्जिद के सामने इमली के पेड़ के नीचे रुक गया और हमें आराम करने के लिए कहा। हमने कहा कि हमें प्यास लगी थी, एक तांबे के लोटे में पानी लाया गया। उत्सुक लोगों की भीड़ हमारे आसपास जमा हो गई थी।

‘‘ये फिरंगी औरतें लाला के घर में छिपी थीं। कितनी दुःखी दिखाई दे रही हैं। इनमें से एक जवान है, उसकी आँखें सुन्दर हैं। ध्यान से देखो, उसकी आँखें एकदम माँ जैसी हैं।’’

अपने चेलों के साथ घूम रहे एक जोगी, फकीर ने हमें अगवा करने वाले के कन्धे पर हाथ रख कर कहा—‘‘जावेद, तुम इन बदनसीब औरतों को अपने मन-बहलाव के लिए लेकर जा रहे हो? वादा करो कि तुम इनके साथ बदसलूकी नहीं करोगे, न ही इनको मारोगे।’’

‘‘अच्छा, तो यह है जावेद खान!’’ माँ फुसफुसाई।

जावेद खान का चेहरा अभी भी ढका हुआ था। वह अपनी तलवार तिरछी कर चेहरे के सामने लाया—‘‘मैं अपनी तलवार की कसम खाता हूँ कि न तो मैं इनके साथ बदसलूकी करूँगा और न ही इनको मारूँगा।’’

‘‘अपनी अन्तरात्मा का ध्यान रखना, जावेद,’’ फकीर ने कहा—‘‘तुमने कसम खाई है जो कोई भी पठान नहीं तोड़ता है और तोड़ने पर ज़िन्दा नहीं रहना चाहता। इन दोनों को किसी तरह का नुकसान नहीं होना चाहिए वर्ना तुम्हारी उम्र कम हो जाएगी।’’

‘‘मुझे उसका कोई खौफ नहीं है,’’ जावेद खान ने कहा और हमें खड़े होने के लिए इशारा किया।

पहले ही की तरह हम दोबारा उसके पीछे-पीछे चल पड़ीं। हमें घूर रही भीड़

पीछे छूट गई थी। हम शहर के पठानों के इलाके जलालनगर मोहल्ले की तरफ जाने वाली सड़क पर चल रहे थे।

बहुत सारी गलियों से होते हुए हम एक छोटे-से चौक पर पहुँचे, उसके एक सिरे पर एक घोड़ा बँधा हुआ था। जावेद ने घोड़े के पुट्ठे पर चपत लगाई। अपने घर का दरवाज़ा खोल कर हमें अन्दर जाने के लिए कहा। वह हमारे पीछे आया। दालान में एक जवान लड़की झूले पर बैठी थी। वह हमें देखकर हैरान थी।

‘‘ये फिरंगी औरतें हैं,’’ जावेद ने अपने पीछे का दरवाज़ा बन्द करते हुए कहा और अनमना होकर दालान के दूसरी तरफ चला गया।

एक बुजुर्ग औरत माँ के पास आई। ‘‘डरो मत,’’ उसने कहा—‘‘बैठ जाओ और थोड़ा आराम कर लो।’’

जावेद खान

✳ ✳ ✳

जावेद हाथ-मुँह धोकर कपड़े बदल कर ज़नाने में आया और अपनी बीवी से बोला—''इन फिरंगी औरतों के बारे में तुम्हारा क्या ख्याल है? मैंने तुमसे कहा था न कि इनको ढूंढ़ने के बाद ही चैन से बैठूँगा। कोई और होता तो बहुत पहले ही तलाश बन्द कर देता,'' प्यार से उसकी थपथपाते हुए लकड़ी के एक नीचे पटरे के ऊपर रखा हुआ नाश्ता करने के लिए बैठ गया।

बुज़ुर्ग औरत, उसकी आन्टी जिसने पहले-पहल हमारा स्वागत किया था जो कोठी वाली कहलाती थी, ने मेरी माँ से प्यार से बात की।

''मुझे बताओ,'' उसने कहा—''अपने बारे में सब कुछ बताओ। तुम कौन हो?''

''आप हमारी हालत देख रही हैं,'' माँ ने जवाब दिया—''हम दूसरों पर, आपके रिश्तेदार के रहमोकरम पर निर्भर हैं। वह कभी भी सनक में आकर हमें मार सकता है।''

''तुम बदनसीबों को कौन मार रहा है?'' जावेद खान ने बीच में टोका।

''नहीं, जब तक मैं हूँ तुम लोग सुरक्षित हो,'' कोठीवाली ने कहा—''तुम बेखौफ होकर मुझसे बात कर सकती हो। तुम्हारा नाम क्या है? तुम्हारे साथ यह लड़की कौन है?''

''यह लड़की, मेरी इकलौती बेटी खुर्शीद है। मेरा नाम मरियम है। मैं रामपुर के

मशहूर खानदान से ताल्लुक रखती हूँ। वहाँ पर मेरे पिताजी नवाब के वज़ीर थे।''

''कौन-सा रामपुर?'' जावेद की बीवी खान बेगम ने पूछा।

''रोहिल्लों का रामपुर,'' माँ ने जवाब दिया।

''अच्छा, तो वह रामपुर!'' साफ था कि खान बेगम माँ के खानदान से प्रभावित थी।

''यह मेरी इकलौती बेटी है,'' माँ ने बात जारी रखी और मेरी तरफ प्यार भरी नज़र डाली—''यह एक अंग्रेज़ की औलाद है। विद्रोह शुरू होने वाले दिन इसके पिता जी का चर्च में कत्ल कर दिया गया था। अब मैं बेवा और यह बच्ची बिना बाप की है। लाला रामजीमल जी की दयालुता की वजह से हमारी ज़िन्दगियाँ बच गई थीं। हम उन्हीं के घर में थीं जब आपका यह रिश्तेदार हमें वहाँ से ज़बर्दस्ती अगवा कर लाया। मेरी माँ और परिवार के दूसरे सदस्य अभी भी वहीं पर हैं। अल्लाह ही जानता है कि हम सब का क्या होगा? हमारी रक्षा करने वाला कोई नहीं है।''

माँ भावनाओं में बह कर रोने लगी। मैं भी माँ की ओढ़नी में अपना चेहरा छिपा कर सुबकने लगी।

कोठी वाली भी भावुक हो गई थी। उन्होंने मेरे सिर पर अपना हाथ रखकर हमदर्दी से कहा—''मेरी बच्ची रोओ मत, रोओ मत!''

माँ ने अपनी आँखों के आँसू पोंछ कर उस बुज़ुर्ग औरत की तरफ देखते हुए कहा—''हम बहुत बड़ी मुसीबत में हैं, पठान बी! हमारी जान बख्श दो, हमें बेइज़्ज़त होने से बचा लो। मैं आपसे रहम की भीख माँगती हूँ।''

इस रोने-धोने की वजह से जावेद खान ने बुझे मन से कहा—''भली औरतो, अपने दिमाग को आराम दो। भरोसा रखो। मैं यकीन दिलाता हूँ कि तुम्हें कोई नहीं मारेगा। तुम नहीं जानतीं कि मैंने तुम्हारी बेटी को दूसरों के हाथ से बेइज़्ज़त होने से बचाया है। तुम्हारी मंज़ूरी मिलने के बाद मैं उसके साथ बाइज्जत निकाह करना चाहता हूँ।''

जावेद खान की बीवी के हाथ से प्लेट गिर गई। जावेद खान ने उसकी तरफ गुस्से से देखकर कहा—''इतनी बेवकूफ मत बनो, क़बील!''

इससे पहले कि माँ कुछ कहती, कोठी वाली ने कहा—''जावेद, तुम्हारे लिए ऐसा करना मुनासिब नहीं था। दोनों अच्छे खानदान की हैं, मुसीबत की मारी हैं। देखो, उनका चेहरा कितना मुझाया हुआ और परेशान है। रहमदिल बनो। इस वक्त उनकी बेइज़्ज़ती मत करो।''

''यह इसी बात पर निर्भर करता है, चाची,'' उसने जवाब दिया—''मुझसे उनको रहम के अलावा और कुछ नहीं मिलेगा। यह सच है कि वे अब अपने बड़े ओहदे से नीचे गिर गई हैं।''

''मैं जानना चाहती हूँ कि तुम उन्हें कैसे जानते हो?'' कोठीवाली ने पूछा—''क्या खान बेगम एक अच्छी बीवी नहीं है? उसकी खूबसूरत नाक देखो।''

''मैं उसके खिलाफ कोई बात कहाँ कर रहा हूँ? लेकिन चाची,'' वह कहने लगा—''अब मैं तुम्हें कैसे समझाऊँ कि इस लड़की ने, जब वह अपने पिता के घर में थी, मेरे ऊपर कैसा जादू कर दिया था। पहली नज़र में ही मैं उसकी खूबसूरती का दीवाना हो गया था। वह सुबह के तारे 'ज़ोहरा' की तरह चमक रही थी। उसको देखने के बाद मुझे इस कहावत में सच्चाई नज़र आई कि फूल अपने माँ-बाप की टहनी से जुड़ा होने पर ही.ज्यादा खूबसूरत दिखाई देता है। तोड़ने पर हाथ में मुरझा जाता है। क्या कोई इस बात पर यकीन करेगा कि यह गरीब लड़की वही खूबसूरत मूर्ति है जिसको मैंने केवल एक महीने पहले देखा था।''

मुझे गुस्सा आ रहा था लेकिन न तो कुछ कह सकती थी और न ही कुछ कर सकती थी। सिर्फ माँ के और नज़दीक चिपक गई। जावेद खान की तरफ बेहद नफरत से देखा। खान बेगम भी मन ही मन गुस्से से आग-बबूला हो रही होंगी लेकिन वह भी लाचार थी क्योंकि जावेद दूसरी बीवी रखने का हकदार था।

''तुम निहायत बेवकूफ हो, जावेद! तुमने इस बच्ची से उसका पिता छीना और खिलने से पहले ही फूल को डाली से तोड़ लिया।'' खान बेगम ने कहा।

''क्या कहा तुमने, क़बील?'' वह ज़ोर से चिल्लाया। ''नहीं, यह बात दोबारा मत कहना। मेरे सीने में शैतान सो रहा है, उसको जागने में देर नहीं लगेगी।''

उसने मुझे तेज़ झुलसाने वाली नज़रों से देखा, मैं उसके चेहरे से अपनी आँखें नहीं हटा पाई; मैं एक ऐसे बेबस पंछी की तरह थी जो जहरीले साँप की निगाहों पर फिदा हो गई थी। लेकिन माँ उसको इस तरह घूर रही थी मानो वे उस

दुष्टात्मा की अन्दरूनी गहराइयों में झाँकने की कोशिश कर रही हों। वह उनकी कठोर निगाहों के सामने काँपने लगा।

''मुझे एक आम हत्यारा समझकर गिरी हुई नज़रों से मत देखो,'' उसने अफसोस ज़ाहिर करते हुए कहा—''मैंने जिन लोगों की हत्या की है वे मेरे आदमियों के दुश्मन थे, काफिर थे। मैं गुनहगार नहीं हूँ, काबिले तारीफ हूँ।''

''अब.ज़्यादा उत्तेजित होने की ज़रूरत नहीं है,'' कोठीवाली ने हमारा बचाव करते हुए कहा—''मैं तुम्हें जो बात समझाना चाहती हूँ वह यह है कि अगर तुम वाकई में खूबसूरती के कद्रदान हो तो तुम्हारी खान बेगम न तो बदसूरत है और न ही काली। मेरा ख्याल था कि फिरंगी औरतों की आँखें नीली और खूबसूरत बाल होते हैं—लेकिन ये बेचारी कितनी डरी हुई हैं—बिल्कुल हमारी तरह दिखाई देती हैं।''

''ठीक है, ठीक है,'' जावेद खान रूखी आवाज़ में बुड़बुड़ाया—''क़बील की खूबसूरती की, जो कभी थी, बार-बार तारीफ मत करो। इस किस्से को अब यहीं खतम कर दो। लेकिन चाची,'' मेरी तरफ देखते हुए उसकी आँखों में नरमी झलकने लगी थी—''पहली बार जब मेरी नज़र इस पर पड़ी थी, उस वक्त तुम इसको देखती। हवा के झोंके में गुलाब की खुशबू का अहसास दिलाती, एक हिरनी जैसी....।''

''तुम अपनी बकवास बन्द नहीं करोगे?'' कोठीवाली ने टोका—''उसकी तरफ देखो और मुझे बताओ कि क्या वह तुम्हारी तफसील पर खरी उतरती है?''

''वल्लाह! वो बदल गई है,'' जावेद खान ने हैरानी के साथ दोबारा शायराना अन्दाज़ में कहा—''वह जैसी पहले थी, अब वह वैसी नहीं रही। एक ही महीने में बीस साल.ज़्यादा उम्र दिखाई देने लगी है। जब मैंने लालाजी के घर में उसकी बाँह पकड़ी तो वह बेहोश होने वाली थी। मैं उसकी माँ का रौद्ररूप देख कर कितना डर गया था, बता नहीं सकता। क्रोधित शेरनी, जिसके एक तरफ काँटा चुभा हो, की तरह तेज़ी से मेरे सामने आ गई और मेरी तलवार की नोक पर अपना सीना रख दिया। मैं उस नज़र को कभी नहीं भूल सकता जब उसने मुझे लड़की से दूर धकेल दिया था। मैं घबरा गया था, शान्त हो गया था। मुझ में ताकत नहीं बची थी। मेरे हाथ से तलवार गिरने वाली थी। बेशक उसकी रगों में किसी बहादुर का खून दौड़ रहा है। वह कोई मामूली औरत नहीं है,'' मेरी माँ के ऊपर हमदर्दी भरी नज़र डालकर कहा—ओ, बहादुर औरत, तुम को हज़ारों सलाम!''

पठान के मेहमान

*** * ***

"मेरे ख्याल में तुम और मैं अच्छी सहेलियाँ बन सकती हैं,'' कोठीवाली ने कहा—''मुझे तुम्हारी बेटी से प्यार हो गया है। बेटी, आओ, मेरे पास आ जाओ,'' यह कहकर वे मेरा सिर सहलाने लगीं।

जावेद खान खाना खाकर बाहर दालान में चला गया था। खाना खाने के लिए हमारे पास अपनी बीवी और चाची को छोड़ दिया था। हमें भूख और प्यास दोनों लगी थीं लेकिन नानी और मौसेरी बहिन का हाल जाने बिना हमारा खाना खाने के लिए मन नहीं हुआ। फिर भी शरीर चलाने के लिए थोड़ा-बहुत खा लिया। जावेद जब दोबारा अन्दर आया तो हमें अपने घर का खाना खाते देख कर खुश था।

''मेरी छत के नीचे नमक खाने के बाद,'' वह बोला—''तुम इस घर के लिए अजनबी नहीं रहे। आगे से तुम इसको अपना ही घर समझना।''

''ऐसा कहना तुम्हारा बड़प्पन है,'' माँ ने जवाब दिया—''लेकिन और लोग भी हैं जो मेरे ऊपर आश्रित हैं—मेरी माँ और मेरी भांजी। उनके बगैर जो भी खाती हूँ वह कड़वा लगता है।

''चिंता मत करो, जल्दी ही वे भी तुम्हारे पास आ जाएँगी,'' जावेद खान ने कहा—''विद्रोह शुरू होने से बहुत पहले मैंने तुम्हारी बेटी को देखा था और वह मेरे मन में बस गई थी। इससे पहले भी एक गुण्डे ने उसको अगवा करने की कोशिश

की थी। अगर मैं न रोकता तो वह अपने मकसद में कामयाब हो जाता। मैं तुमको यहाँ पर नेक इरादे से लाया हूँ। तुम्हारी इजाज़त मिलने पर मैं खुर्शीद से निकाह कर लूँगा और बीवी का दर्जा दूँगा।''

''लेकिन तुम ऐसा किस तरह कर सकते हो?'' माँ ने पूछा–''तुम्हारी एक बीवी पहले ही है।''

''ठीक है, मेरे ऊपर एक बीवी से ज्यादा बीवियों को रखने के लिए कोई रोक नहीं है। शरीयत के मुताबिक यह जायज़ है।''

''हो सकता है,'' माँ ने आगे कहा–''एक मुसलमान होकर तुम ईसाई लड़की से शादी कैसे कर सकते हो?''

''क्यों नहीं कर सकता? इसके पीछे कोई तर्क नहीं है,'' जावेद खान ने जवाब दिया–''हम पठान अपनी मर्ज़ी से किसी भी धर्म, जाति, सम्प्रदाय की लड़की से निकाह कर सकते हैं,'' और थोड़ा रुककर मानो अपनी बीवी को सुना रहा हो–''हुंह, मेरे किसी भी ऐसे काम पर मेरी बदमिजाज़ बीवी ऐतराज़ करने की हिम्मत तो दिखाए। मेरे वालिद नीच जाति की औरत की बड़ी और खूबसूरत आँखों पर रीझ गए थे। उस नाजायज़ रिश्ते की औलाद सैफ्फुलाह है–दोज़ख मिले उसको। और यह कोठीवाली जिसे तुम देख रही हो, भी निम्न जाति की हिन्दू लड़की है। उसने मेरे चाचा को अपने बोल-चाल के मोहक अन्दाज़ में फँसा लिया था। अगर मैं एक ईसाई लड़की से शादी करता हूँ तो भला उसमें किसी को क्या ऐतराज़ हो सकता है?''

माँ उसकी बेतुकी बहस को सुनकर बुरी तरह से डर गई। बहस करने के लिए ठीक वक्त न समझ कर उसने अपने ख्यालों को मन में छिपाने में ही भलाई समझी।''

''मुझे पूरी उम्मीद है कि तुम अपनी ख्वाहिश का फौरन जवाब मिलने की उम्मीद नहीं रखोगे,'' माँ ने कहा–''अभी-अभी मैंने अपने पति को खो दिया है। इस बारे में राह दिखाने वाला और सही राय देने वाला इस वक्त मेरे पास कोई नहीं है। इस विषय पर किसी और वक्त बात करना ठीक रहेगा।''

''मुझे कोई जल्दी नहीं है,'' जावेद खान ने कहा–''इतनी विशेष बात पर एक दिन में फैसला करना नामुमकिन है। नेक औरत, आप एक हफ्ते का वक्त

ले सकती हैं। यह मत भूलना कि मैं उस पर अचानक फिदा हो गया हूँ। यह लड़की महीनों से मेरे दिमाग में बसी है। मैं जावेद, इस मौके को हाथ से नहीं जाने दूँगा। अपने दिमाग को ठंडा रखो—कोई जल्दी नहीं है।'' और वह दोबारा दालान में चला गया।

यह सब उस दिन सुबह घटा था और माँ पूरा दिन जावेद खान के निकाह के प्रस्ताव पर सोचती रही। बरामदे में हमारे लिए एक चारपाई डाल दी गई थी। मैं पीठ के बल लेटकर ऊपर छत को देख रही थी जहाँ पर दो छिपकलियाँ मक्खियों की तलाश में घूम रही थी। माँ कोठीवाली के साथ बात-चीत में मशगूल थी। माँ की साफ उर्दू, सभ्य बर्ताव और ऊँचे विचारों ने कोठीवाली को दंग कर दिया था। वह माँ से बहुत खुश थीं और हमारे लिए हमदर्दी ज़ाहिर कर रही थीं। वे जावेद के घर पर थोड़े समय के लिए आई थीं लेकिन अब उनका वापिस जाने का मन नहीं था।

''तुम मरियम को कुछ दिन मेरे साथ बिताने दो,'' उसने अपनी भतीजी से कहा।

''लेकिन उसकी बेटी का क्या होगा?'' खान बेगम ने जवाब दिया—''क्या उसको यहाँ पर अकेला छोड़ दोगी?''

''बिल्कुल नहीं, वह भी अपनी माँ के साथ आएगी और क़बील, इन बातों से परेशान होने की ज़रूरत नहीं है। आजकल जावेद का दिमाग थोड़ा चकराया हुआ है, जल्दी ही ठीक हो जाएगा। जहाँ तक इन बदकिस्मतों का सवाल है, उसमें इनका कोई कसूर नहीं है। मरियम, तुम चलो, चलोगी न?''

''खुशी के साथ,'' माँ ने कहा—''अगर हमें इजाज़त मिलेगी तो।''

हम नानी और दूसरे लोगों के बारे में सोच कर परेशान हो रहे थे कि हमारे कानों में दरवाज़े पर हो रही कहा-सुनी की आवाज़ पड़ी। हमने अपने दोस्त, अपने रक्षक लाला रामजीमल जी की आवाज़ को पहचान लिया था। उन्होंने हमें ढूँढ़ निकाला

था और अब हमसे मिलने की ज़िद कर रहे थे।

''खान साहब!'' हमने उनको जावेद से कहते सुना—''आपने मेरी गैरहाज़िरी में मेरे घर में घुसकर मेरी इजाज़त के बिना मेरे मेहमानों को ज़बर्दस्ती अपने साथ लाकर बहुत गलत काम किया है। अगर मैं वहाँ पर होता तो तुम यह सब मेरी लाश के ऊपर से गुज़रने के बाद ही कर पाते।''

''बिल्कुल सही कहा आपने, इसीलिए तो मैं वहाँ पर तुम्हारी गैरमौजूदगी में गया था,'' जावेद खान ने जवाब दिया—''तुम्हारी जान लेने की मेरी कतई मंशा नहीं थी।''

''अगर मैं उनकी हिफाज़त न कर पाता तो अपने-आपको माथुर कहलाना बन्द कर देता। ठीक है, 'जो हो गया सो हो गया।' मैं उनको अपने घर वापिस ले जाने के लिए ज़बर्दस्ती नहीं कर सकता, लेकिन उनसे मिलने की इजाज़त चाहता हूँ ताकि पूछ सकूँ कि किसी चीज़ की ज़रूरत तो नहीं। मैं उनको आखिरी बार 'अलविदा' भी कह दूँगा।''

माँ ने दरवाज़े पर जाकर लाला जी से बात की। हमसे मिलने के लिए अपनी जान जोखिम में डालने के लिए उनको 'शुक्रिया' कहा।

''विष्णु का जो आदेश होगा, वही होगा,'' लालाजी ने कहा—''हमारी कोई भी कोशिश उसको रोक नहीं सकती है। बेफिक्र रहो, जल्दी ही अच्छे दिन आएँगे। तुम्हारा ज़ेवरों का डिब्बा तुम को वापिस लौटाने आया हूँ।''

माँ ने उनके हाथ से ज़ेवर का डिब्बा ले लिया, लेकिन उसमें रखे सामान की जाँच करने की ज़रूरत नहीं समझी। वे जानती थीं कि कुछ भी गुम नहीं हुआ होगा।

''तुमने जो सोना मुझे दिया था, वह मैंने बेच दिया है,'' लालाजी ने बताया—''मुझे उसकी तीस रुपए कीमत मिली है। शाम को बड़ी बी और नन्हीं को तुम्हारे पास ले आऊँगा। बाकी के लोग मेरे साथ कुछ और दिन रह सकते हैं।''

''ओह, लालाजी!'' माँ ने कहा ''आपकी इन मेहरबानियों का कर्ज़ कैसे उतार पाएंगे?''

''आने वाले समय में सारा कर्ज़ चुकता हो जाएगा,'' लालाजी ने कहा—''लेकिन

तुम्हारे कुत्तों का क्या होगा?''

''अपने साथ रख लो लालाजी, या फिर जो ठीक समझो वह करो। हमारे लिए अपनी देखभाल करना ही मुश्किल हो रहा है।''

''ठीक है,'' उन्होंने कहा—''मैं उनको अपने साथ बरेली ले जाऊँगा और तुम्हारे लिए संभाल कर रखूँगा।''

उन्होंने झुककर माँ को 'प्रणाम' कहा और चले गए। हमने उनको तभी आखिरी बार देखा था।

बाद में सुना कि लालाजी अपने परिवार और हमारी पुरानी नौकरानी धनी के साथ बरेली चले गए थे। हम यह बात कभी नहीं जान पाए कि कुत्तों का क्या हुआ था। उस शाम जावेद खुद लालाजी के घर जाकर नानी और एनेट को ले आया था। वे हमें देखकर खुशी से फूली नहीं समाईं। मेहमाननवाज़ी के उसूलों के मुताबिक उनको फौरन खाना परोसा गया।

हम आठ लोगों का समूह अब छोटा होकर चार लोगों का रह गया था। पिल्लू उसकी माँ और चम्पा लालाजी के ही घर पर रह गयी थीं। कुछ दिनों तक हमें पता नहीं चला कि उनका क्या हुआ था। जावेद खान चौदह साल के एक फिरंगी लड़के को अपने घर में लाने के बारे में सोच भी नहीं सकता था। पिल्लू का लालाजी के घर पर रह जाना उसकी खुशकिस्मती थी, वरना जावेद के घर के पास के मोहल्ले में रहने वाला कोई भी कातिल उसको मार डालता।

पिल्लू की किस्मत

* * *

क्रम को बनाए रखने के लिए मुझे लालाजी के घर में पीछे रह गए अपने परिवार के सदस्यों के बारे में जानकारी देनी होगी।

जैसे ही लालाजी और जावेद खान नानी और मौसेरी बहिन एनेट के साथ घर से बाहर निकले, वैसे ही मंगल खान की अगुवाई में पठानों की दूसरी टोली घर पर टूट पड़ी। वे ज़बर्दस्ती घर में घुस गए। पहले की ही तरह लालाजी के परिवार की औरतें छत पर चली गईं। पिल्लू, उसकी माँ, चम्पा और उनका नौकर कमरे में बन्द हो गए।

''वह फिरंगी नौजवान कहाँ है?'' मंगल खान चिल्लाया ''उसको बाहर लेकर आओ ताकि उसके साथ भी वही बर्ताव करें जैसा उस जैसे और नौजवानों के साथ किया है।''

बचाव का कोई रास्ता न दिखाई देने पर पिल्लू की माँ बाहर आई, मंगल खान के कदमों में गिरकर अपने बेटे की जान की बख्शीश माँगने लगी।

''तुम्हारा बेटा!'' उसने हैरानी के साथ उसको सिर से पाँव तक देखा। पिल्लू की माँ का रंग साँवला था। ''चलो, देखते हैं, तुम्हारा बेटा कैसा दिखाई देता है!''

पिल्लू पूरी तरह से कायस्थ लड़के की तरह पैन्ट, शर्ट पहनकर सजा-धजा

बाहर निकला; पैरों में मौज़े-जूते और सिर पर टोपी नहीं थी—सिर्फ उसका गोरा रंग छिपाना मुश्किल था।

उसको ध्यान से देखते हुए मंगल खान बोला—‘‘यह लड़का तो मेरे कन्धे तक भी नहीं पहुँचता।’’ सख़्ती के साथ उससे पूछा—‘‘तुम्हारी उम्र कितनी है?’’

पिल्लू डरकर बुरी तरह से काँप रहा था और जवाब नहीं दे पा रहा था। उसने अपनी माँ की तरफ देखा।

माँ ने हाथ जोड़कर जवाब दिया—‘‘आपका यह गुलाम चौदह साल से ज्यादा का नहीं है, खान साहब! अल्लाह के नाम पर इसकी जान की भीख माँगती हूँ। आप मेरे साथ कुछ भी कर लें लेकिन इस लड़के की जान बख़्श दें,’’ पिल्लू की माँ की आँखों से आँसू बरसने लगे। वह दोबारा उसके पैरों में गिर पड़ी।

बार-बार मिन्नतें करने पर पठान का दिल पसीज गया था।

‘‘उठ जाओ,’’ वह बोला—‘‘देख रहा हूँ कि लड़का जवान और अल्हड़ है। क्या तुम दोनों मेरे साथ चलोगे? याद रखो, नहीं चलोगे तो मेरे साथ के दूसरे लोग मेरी तरह रहमदिल नहीं है।’’

लालाजी का घर अब छिपने के लिए सुरक्षित स्थान नहीं रहा था और पिल्लू की माँ मंगल खान के साथ जाने के लिए राज़ी हो गई। वे सब चम्पा के साथ दूसरे मोहल्ले में, जहाँ पर पठान रहते थे, चले गए। वहाँ मंगल खान के घर में उनकी ठीक तरह से मेहमाननवाज़ी हुई।

मंगल खान रहमदिल इन्सान था। अपनी छत तले इन भगोड़ों को पनाह देने के बाद उसने उनकी देखभाल रहमदिली और ठीक तरह से की। वह पिल्लू को उसके नये नाम-गुलाम हुसैन—से पुकारता और उसकी माँ गुलाम हुसैन की माँ कहलाती थी। चम्पा, बेशक, चम्पा ही रही। वह राजपूत थी। उसको कोई और नाम देना गलत था।

पिल्लू और उसकी माँ मंगल खान के संरक्षण में रहने लगे। लाला रामजीमल जी का घर छोड़ने के बाद कई महीनों तक उनके हालचाल के बारे में कुछ नहीं पता चला।

और भी खतरे

*** *** ***

हमारी भलाई इस बात को भूलने में थी कि हमारी रगों में यूरोपीय खून बह रहा था और अंग्रेज़ों द्वारा सत्ता पा लेने पर हमारा फायदा होने वाला था। बाहरी तौर पर यह दिखाना ज़रूरी था कि हम अपने प्रभु यीशु मसीह को भूल गए थे और हमारी पहचान मुस्लिम हो गई थी। कोठीवाली अक्सर हमें 'कलमा' पढ़ना सीखने के लिए कहती लेकिन माँ जवाब देती कि वे पहले से ही 'कलमा' पढ़ना जानती है। यह बात पूरी तरह से सच थी। जब हमें दूसरों के साथ नमाज़ पढ़ने के लिए कहा जाता तो वे बहाना बनातीं—"हम नमाज़ कैसे अदा कर सकती हैं? हमारे कपड़े गन्दे हैं, पहनने के लिए दूसरे कपड़े नहीं हैं।"

हमारे पास सिर्फ वही कपड़े थे जो लालाजी के घर में मिले थे। जावेद के घर में आए हुए तीसरा दिन हो गया था। जावेद ने शायद पहली बार इस तरफ ध्यान दिया था।

"मरियम," उसने कहा—"यहाँ मेरे घर में ऐसे कपड़ों से काम नहीं चलेगा। तुमको पायजामी पहननी होगी।"

"पायजामी बनाने के लिए हमारे पास कपड़ा कहाँ है?" माँ ने जवाब दिया।

जावेद ने उसी दिन बाज़ार से काले रंग का सूती कपड़ा लाकर माँ को दे दिया। माँ ने उस कपड़े में से हमारे लिए पायजामी, कुर्ता और दुपट्टा काट दिए। मैंने और एनेट ने सिलाई कर दी। खान बेगम हैरान थी, माँ इतनी बढ़िया कटाई

करना जानती थी और मैं और एनेट सूई-धागे से सिलाई करने में माहिर थीं।

इससे पहले कि हम कपड़े बदलते, माँ ने कहा—''अच्छा होगा कि हमारे नहाने का इन्तज़ाम हो जाए।'' मेरे ख्याल में हमें नहाए हुए एक महीना हो रहा था क्योंकि लालाजी के घर में भी पानी पास नहीं था। उनके घर की औरतें हर रोज़ नदी पर नहाने के लिए जाती थीं लेकिन हमारे लिए घर से बाहर निकलना बेहद खतरनाक था।

जावेद खान के घर के दालान में एक कुआँ था, वहाँ पर ठंडे पानी से नहाना हमारे लिए मुमकिन था। माँ ने घर की नाइन ज़ेबान को पानी खींचकर हमें नहाने में मदद करने के लिए कहा। इस काम के लिए उसको इनाम के तौर पर चार पैसे—हर औरत के लिए एक पैसा—देने की पेशकश की। ज़ेबान अचानक मिलने वाले इस छोटे-से इनाम से बहुत.ज्यादा खुश हो गई। उसने दालान में कुएँ के पास दो चारपाइयों को खड़ा करके एक दूसरे के साथ मिला दिया। पर्दे के लिए उन पर चादरें डाल दीं। कोठीवाली यह सुन कर कि हम लोग नहा कर कपड़े बदलने वाली थीं, हैरान रह गई। घबराकर फौरन घर आ गई और हमें नहाने के कायदे-कानून बताने का फैसला किया।

2 जुलाई का दिन सेहत के हिसाब से हमारी ज़िन्दगी का यादगार दिन था।

कोठीवाली ने हमारे ऊपर अपने हाथों से पानी डालने की पेशकश की। माँ ने सख्ती के साथ इसके लिए इन्कार कर दिया। माँ ने कहा कि हमारे यहाँ दूसरों के सामने बेपर्दा होने का चलन नहीं था, यहाँ तक कि समान लिंग के लोगों के सामने भी नहीं। इसलिए वे कोठीवाली को कोई तकलीफ नहीं देंगी।

कोठीवाली मायूस होकर बोली—''तुम नहाने के बाद कैसे पाक-साफ होगी जब तक तुम्हारे ऊपर पवित्र जल के तीन लोटे नहीं डाले जाएँगे?''

माँ ने उनकी बात सुन ली और कहा कि हम सब 'कलमा' पढ़ना जानती हैं इसलिए नहाने के बाद आखिर में अपने ऊपर 'कलमा' पढ़कर तीन लोटे पानी डाल लेंगी। एक बड़ी अड़चन दूर हो गयी थी। कुएँ के ताज़े पानी से नहाने के बाद बहुत आराम मिला। बाद में हमने अपने नये कपड़े पहने जो एकदम हमारे नाप के थे।

हमने अपने बाल सूखने के लिए खुले छोड़ दिए। वहाँ पर मौजूद सभी

औरतों ने हमारी तारीफ के पुल बाँधने शुरू कर दिए। कितने खूबसूरत और लम्बे बाल हैं। मेरे बाल लम्बे नहीं थे, लहरिया थे, उन्हें देखकर कहा—''बड़े प्यारे घुंघराले बाल हैं।'' माँ और नानी के बाल भी खूबसूरत थे। नानी के बाल तो उनकी एड़ी को छूते थे; माँ के बाल घुटनों से थोड़ा नीचे तक जाते थे। मेरे बालों की तरह ही एनेट के बाल भी कमर तक आते थे। चोटी गूँथने के बाद मोटी औरत की बाजू की तरह दिखाई देते थे। हमें अपने बाल सुखाते देखकर औरतें मुँह खोले हमें घूर रही थीं। हमने उन्हें बताया कि हमारी माँ के खानदान की औरतें अपने लम्बे और घने बालों के लिए मशहूर थीं।

अब इतने लम्बे, घने बालों में तेल लगाने की मुसीबत आ खड़ी हुई। खान बेगम ने पूछा कि हम कौन सा तेल इस्तेमाल करती थीं। माँ ने बताया कि नारियल का तेल। किसी को मालूम नहीं था कि इतना सारा नारियल का तेल आएगा कहाँ से! खान बेगम ने ज़ेबान को एक पैसा देकर बाज़ार से खुशबूदार तेल और हाथीदांत की छोटी, बढ़िया कंघी लाने के लिए कहा। तेल और कंघी आ जाने के बाद नानी ने उठकर माँ के बालों में तेल लगाया और कंघी की; माँ ने मेरे, एनेट के और नानी के बाल बनाए।

अगली सुबह हम बेहद उत्साहित और तरोताज़ा महसूस कर रहे थे। हम कपड़ों का दूसरा जोड़ा सिलने में मशरूफ हो गयी थीं। उनको अगले जुम्मे (शुक्रवार) के दिन, जब ज़्यादातर पठान औरतें नहाती हैं, नहाने के बाद पहनने की सोच रही थीं।

दस बजे जावेद खान से उसकी पत्नी का बहनोई सरफराज़ खान मिलने के लिए आया। वह पुलिस में कान्स्टेबल था। विद्रोह शुरू होने के बाद नौकरी छोड़कर अपने घर वापिस आ गया था। उस वक्त की वर्दी के मुताबिक वह तलवार, पिस्तौल, छुरे और दो-नली बन्दूक से लैस था। दरवाज़े पर जावेद खान से मिलते वक्त वह काफी उत्तेजित था।

''तुमने अपने घर में कुछ फिरंगी औरतों को पनाह दे रखी है, जावेद?'' उसने कहा—''क्या तुम मुझे उनसे मिलवाओगे नहीं?''

''ज़रूर, क्यों नहीं! और फिर देखना, खूबसूरती को परखने की मेरी काबिलियत की तुम दाद दोगे।''

अपने दढ़ियल चेहरे पर धमकी-भरा भाव लाकर, पिस्तौल पर हाथ रखे सरफराज़ खान लम्बे-लम्बे डग भरता हुआ बरामदे में घुस आया। खान बेगम ने उठकर उसे 'सलाम' किया, हमने भी वैसे ही किया। वह एक चारपाई पर बैठ गया, बन्दूक का कुन्दा ज़मीन पर रख कर दुनाली हाथ में थामे रखी। किसी भी पठान की खास पहचान!

''अच्छा, तो ये हैं वे फिरंगी औरतें जिनकी वजह से मोहल्ले में इतना हंगामा बरपा है,'' वह बोला।

जावेद खान घर के अन्दर चला गया था। माँ ने हमारे बचाव में कहा—''हम किस तरह का हंगामा बरपा कर सकती हैं? हम गरीब, लाचार औरतें हैं।''

''सब लोग कह रहे हैं कि तुम इस घर में अपनी बेटी के लिए शौहर की तलाश में आयी हो और जावेद खान उससे निकाह करने वाला है। तुमने इस भली औरत के लिए मुसीबत खड़ी कर दी है,'' उसने खान बेगम की तरफ इशारा करते हुए कहा।

हालाँकि माँ को इस बात में छिपे इशारे पर बेहद गुस्सा आया लेकिन अपने ऊपर काबू रखा और शान्त स्वर में कहा—''तुम क्या कह रहे हो, भाई? तुम नहीं जानते कि ज़बर्दस्ती किए बगैर हम इस घर में कदम रखने वाली नहीं थीं। जावेद खान अपनी खुशी के लिए ज़बर्दस्ती उस जगह से उठा लाया जहाँ पर हमारे साथ रहमदिली के साथ बर्ताव हो रहा था। हम उसकी मेहमान-नवाज़ी के लिए शुक्रगुज़ार हैं। जहाँ तक मेरी बेटी का उसके साथ या किसी और के साथ निकाह करने का सवाल है तो उस पर कुछ भी कहने की हालत में नहीं हूँ। हम तुम्हारे भाई की शुक्रगुज़ार हैं कि वह अपनी किसी इच्छा को पूरी करने के लिए हम पर किसी तरह का दबाव नहीं डाल रहा है।''

''लेकिन मोहल्ले में तो यही अफवाह है,'' सरफराज़ खान ने कहा—''जावेद खान तुम्हारी बेटी से निकाह करना चाहता है। इस अफवाह से खान बेगम को दिमागी तकलीफ हो रही है।''

''लोगों की बातों के लिए हम कैसे ज़िम्मेदार हो सकते हैं?'' माँ ने जवाब दिया—''खान बेगम को किसी तरह की तकलीफ न हो हम उसके लिए पूरी कोशिश करेंगी।''

जावेद सारी बातें सुन रहा था, पैर पटकता हुआ आया। वह काफी परेशान था। बोला—''भाई, इन भली औरतों से इस तरह के सवाल पूछने, उनके साथ घुसपैठियों जैसा बर्ताव करने के पीछे तुम्हारा मकसद क्या है? मैं कसम खाता हूँ, इसमें उनका कोई कसूर नहीं है। मैं ही उनको अपने घर पर लाया हूँ और उनके कामों के लिए मैं ही जबावदेह हूँ।''

''तुम अपनी अच्छी बीवी के लिए मुसीबत ले कर क्यों आए हो?'' सरफराज़ खान ने पूछा—''तुम्हारी बेवकूफी की वज़ह से हमारे खानदान का नाम बदनाम हो रहा है।''

''मैं जानता हूँ कि तुम्हें यहाँ पर किसने भेजा है?'' जावेद ने अपनी छाती पर मुट्ठियाँ कस लीं।

''हाँ, अब्दुल रऊफ ने मुझे इन औरतों को नदी किनारे ले जाने के लिए भेजा है। वहाँ पर इनका सिर कलम करना है ताकि तुम्हारी बीवी के सीने में जल रही आग को बुझाया जा सके।''

''मुझे अपने घर में क्या करना चाहिए, यह बात मुझे बताने का किसी को कोई हक नहीं है,'' जावेद ने कहा और तन कर खड़ा हो गया। सरफराज़ से ऊँचा हो कर गुस्से में बोला—''अगर अब्दुल रऊफ इतना अक्लमन्द है तो उसको अपने घर, अपने परिवार की देखभाल करनी चाहिए न कि दूसरों के घरों में ताका-झाँकी। मैं उसके किसी काम में दखलअन्दाज़ी नहीं करूँगा। जहाँ तक क़बील का सवाल है तो वह बेवकूफ है जो पड़ोसियों के साथ इतनी ज्यादा बातचीत करती है। मुझे उसकी आज़ादी पर पाबंदी लगानी होगी।''

माँ ने अगर आगे बढ़कर दोनों के बीच दोबारा बीच-बचाव न किया होता तो गुस्से में भरे दोनों पठान आपस में मार-पीट या फिर उससे भी .ज्यादा कर गुज़रते।

''जहाँ तक हमारे सिर कलम करने का सवाल है,'' माँ बोली—''तुम्हारे पास ताकत है हम तुम्हारा मुकाबला नहीं कर सकतीं। अगर अल्लाह की मर्ज़ी से हमारी मौत तुम्हारे हाथों से होनी है, तो होने दो। मैं तुमसे सिर्फ एक अहसान चाहती हूँ कि बिना किसी को छोड़े तुम्हें हम सब का क़त्ल करना होगा। मैं तुम्हें एक या दो का क़त्ल करने नहीं दूँगी।''

सरफराज़ के दिल को, माँ की हिम्मत और अल्लाह का नाम लेना, दोनों बातें छू गईं। औरों की तरह वह भी उनके लिए रहमदिल बन गया।

‘‘तुम्हारा यकीन काबिले-तारीफ है, तुम्हारी हिम्मत काबिले-तारीफ है,’’ उसने कहा—‘‘मैं नाचीज़, अपने-आप को इस मामले से अलग करता हूँ। एक बेवकूफ ने यह नीच काम करने के लिए भेजा था और एक औरत के शान्तिपूर्वक समझाने पर रुक गया।’’

‘‘अल्लाह की यही मर्ज़ी थी,’’ जावेद बोला—‘‘उम्मीद है अब तुम दोबारा ऐसी बेवकूफी नहीं करोगे। अपने रिश्तेदारों की वजह से तुम अपने दिल को ज़हरीला क्यों बनाते हो? मुझे मालूम था कि यह सब उनका करा-धरा है।’’

निकाह की फिर बात

✳ ✳ ✳

सरफराज़ खान के आने के दो-तीन दिन बाद जब हम शाम का खाना खा चुकी थीं तब जावेद खान हमारे कमरे में आया और नीचे लकड़ी के तख़्त के ऊपर आराम से बैठ गया।

"मरियम, तुमने एक विषय पर दोबारा बात करने का वादा किया था, तुम जानती हो कि वह बात मेरे दिल के कितना नज़दीक है," उसने माँ से कहा—"अब तो तुम्हें उस बात पर सोच-विचार करने के लिए काफी वक़्त मिल गया है अब शायद तुम उसका निश्चित जवाब दे सकती हो।"

"तुम किस बारे में बात कर रहे हो?" माँ ने अनजान बन कर पूछा।

"मेरा मतलब तुम्हारी बेटी के साथ निकाह के पहले प्रस्ताव से था।"

"उस बारे में सोच-विचार करने के लिए मुझे वक़्त ही कहाँ मिला है?" माँ ने कहा—"अभी कल ही की तो बात है तुम्हारे बहनोई बिना बताए हमें मारने के लिए आ धमके। अब जब कि तुम्हारी निगहबानी में भी हमारे मारे जाने का खतरा है तब निकाह के बारे में बात करने से क्या फायदा? अगर मेरी जान जाती है तो मेरी बेटी की भी जाएगी। हम दोनों को कोई जुदा नहीं कर सकता। अब भी सरफराज़ जैसा कोई दूसरा इन्सान इधर आ सकता है।"

"सच कहता हूँ, जब तुम इस तरह से बात करती हो तब मुझे गुस्सा आता

है,'' जावेद बोला—''मैं तुमको बता चुका हूँ कि अगर वह तुम दोनों में से किसी के ऊपर भी हाथ उठाता तो उसको अपनी जान से हाथ धोने पड़ते। जब तक तुम जावेद की निगहबानी में हो कोई भी इन्सान तुम पर अंगुली उठाने की हिम्मत नहीं कर सकता। अपनी फिरंगी औरतों के सिर का एक भी बाल छूने से पहले मैं आधा दर्जन लोगों के सिर धड़ से अलग कर दूँगा।'' उसने मेरे ऊपर कामुक और खा जाने वाली नज़र डाली। मैं डर से काँपने लगी और अपना चेहरा माँ के पीछे छिपा लिया।

वह अत्यधिक आवेश में था। माँ ने उसको शान्त करने के लिए कहा—''मुझे यकीन है कि तुम हमारी हिफ़ाज़त कर सकते हो लेकिन तुमने यह बात दोबारा क्यों छेड़ दी है?''

''क्योंकि यह बात हर वक्त मेरे दिमाग में चक्कर काटती रहती है।.ज्यादा देर क्यों करती हो?''

''तुम अगर हमारे हालात और हमारे खानदान के बारे में जानते,'' माँ ने कहा—''तो तुम समझ सकते कि मैं उसे किसी के सुपुर्द करने की हालत में नहीं हूँ।''

''क्यों?'' जावेद ने पूछा।

''मेरे भाई ज़िन्दा हैं। जब उनको पता चलेगा कि मैंने उसका निकाह तुम्हारे साथ कर दिया है तब उनको क्या जवाब दूँगी? यही नहीं, वह अभी बच्ची है। मेरे पति का छोटा भाई भी अभी ज़िन्दा है। कोई भी फैसला करने से पहले उनसे सलाह करनी होगी।

''यह बात है,'' जावेद ने कहा—''मेरे ख्याल में वे लोग तुमसे कोई सवाल नहीं करेंगे और इस बात की पूरी सम्भावना है कि वे भी दूसरे फिरंगियों के साथ मारे गए होंगे।''

''मुझे ऐसी उम्मीद नहीं है। किसी भी फैसले पर पहुँचने से पहले क्या उनके बारे में जानना और उनका इन्तज़ार करना अक्लमन्दी नहीं होगी?''

''मैं बेहद बेसब्रा इन्सान हूँ मरियम, और फिर ज़िन्दगी इतनी लम्बी नहीं है कि अपनी इच्छाओं को पूरा करने के लिए.ज्यादा देर तक इन्तज़ार कर सकूँ। तुम्हारी इच्छा और तुम्हारे लिए दिल में इज्ज़त होने की वज़ह से मैंने अपने ऊपर

संयम रखा हुआ है। लेकिन तुम्हारी बेटी को अपनी बीवी बनाने की इच्छा हर रोज़ मेरे मन में बलवती हो रही है और उसको अपनी बनाने के लिए कोई भी जोखिम उठाने के लिए तैयार हूँ।''

''मान लो, अंग्रेज़ सरकार दोबारा सत्ता में आ जाती है तब हम क्या करेंगे? तुम्हारी ज़िन्दगी की कोई कीमत नहीं रहेगी, तुम मारे जाओगे। मेरी बेटी तेरह साल की उम्र में ही विधवा हो जाएगी। जब तक यह फैसला न हो जाए कि इस मुल्क पर किसकी हुकूमत होगी तब तक कुछ महीनों के लिए और इन्तज़ार नहीं कर सकते?''

''यह बात सच है कि अंग्रेज़ों ने अगर शाहजहाँपुर पर दोबारा कब्ज़ा कर लिया तो वे विद्रोह के सरगनाओं के साथ कोई नरमी नहीं बरतेंगे। मुझे भी पास के पेड़ पर लटका देंगे। बेशक, तुम को उनके वापिस आने की उम्मीद है वर्ना यह बात इतने यकीन के साथ नहीं कहतीं। लेकिन बचे ही कितने लोग हैं सिर्फ कुछ हज़ार सिपाहियों ने दिल्ली की चारदिवारी के बाहर हुकूमत हथियाने के लिए घेरा डाल रखा है। अल्लाह की मेहरबानी से वे सब भी मारे जाएँगे।''

''ठीक है, दिल्ली को ही हमारी किस्मत का फैसला करने दो,'' माँ ने एक तिनका उठाते हुए कहा—''अगर अंग्रेज़ फौज दिल्ली पर कब्ज़ा करने में नाकामयाब रहती है तब हम इस बारे में बात करेंगे। तब तक हमें अपने आश्रित और अधिकार में समझो। तुम को सिर्फ लड़ाई के नतीजे तक इन्तज़ार करना होगा।''

''तुम बहुत दूर की बात करती हो, मरियम, और यह बात भूल जाती हो कि मेरे अन्दर तुम्हारी या किसी और की मर्ज़ी''—उसने अपनी बीवी की तरफ उपेक्षित नज़रों से देखा—''के बगैर उससे निकाह करने की ताकत है।'' ईर्ष्या से भरी आँखें मुझे घूर रही थीं।

''मैंने कब कहा है कि तुम में वह ताकत नहीं है,'' माँ बोली—''अगर तुम उसको ज़बर्दस्ती ले जाते हो तो हमारे पास विरोध करने की ताकत नहीं है। अगर तुम अंग्रेज़ों का दिल्ली से बाहर खदेड़े जाने का इन्तज़ार करते हो तो मेरी बात रह जाएगी। तब तक मेरी बेटी की उम्र भी निकाह करने लायक हो जाएगी।''

"तुम खुशकिस्मत हो कि मैं एक मर्द हूँ। उसको जावेद से कोई नहीं छीन सकता। वह जावेद की बीवी होगी, मेहर में बेशुमार धन-दौलत दूँगा। अगर मेरी सलाह मानो मरियम, तो तुमको भी निकाह कर अपने शौहर के साथ घर बसा लेना चाहिए। तुम अभी भी जवान हो।"

"अब मुझे किस वजह से शादी करनी चाहिए?"

"तुम्हें अपना घर बसाने और गुज़ारा करने के लिए शादी करनी चाहिए।"

"मैं शादी क्यों करूँगी?" माँ ने दोबारा कहा—"मेरी बेटियों का क्या होगा?"

"क्यों! तुम्हारी बेटी तो मेरी हो जाएगी," जावेद ने चहक कर कहा—"तुम्हारी भतीजी की भी कहीं न कहीं शादी हो जाएगी। तुम जानती हो कि वह भी देखने में बदसूरत नहीं है।"

उसके बाद उस शाम हमने.ज्यादा बात नहीं की। जावेद खान खुश होकर इत्मीनान के साथ अपना हुक्का गुड़गुड़ाता रहा। वह इस बात से बेखबर था कि उसने हमारे दिमाग को कितना बेचैन कर दिया था। खान बेगम का चेहरा उतर गया था, वह मुझे देख-देख कर ठंडी साँस भर रही थी। माँ भी मुझे देखकर ठंडी साँस ले रही थी। मैं और एनेट एक-दूसरे को परेशानी से घूर रही थीं।

जब हम घर में अपने हिस्से की तरफ जाने के लिए उठीं तब खान बेगम ने माँ का हाथ पकड़ लिया और रुंधी आवाज़ में फुसफुसाई—"मरियम, तुम मेरी माँ हो। मैं पहले ही मुसीबतज़दा हूँ और.ज्यादा जुल्म करने में उसकी मदद मत करो।"

माँ ने जवाब दिया—"बीबी, जो भी बातचीत हुई है वह तुमने सुनी और देखी है। मैं इन ज़िन्दा हाथों में मुर्दा लाश की तरह हूँ। तुम बेकार में अपने-आप को तकलीफ दे रही हो। मेरा बस चलेगा तो उसको कभी भी 'हाँ' नहीं कहूँगी लेकिन क्या वह मेरी 'हाँ' का इन्तज़ार कर पाएगा?"

"अल्लाह आपको खुश रखे," खान बेगम ने कहा—"इस घर में कम इज़्ज़त

मिलने की बजाय तुम्हारी बेटी.ज्यादा इज्ज़त की हकदार है। मैं अल्लाह से दुआ माँगूगी कि तुम्हारी हर ख्वाहिश पूरी हो।''

उस रात मैं.ज्यादा नहीं सो पाई। ऊँची, जंगलेदार खिड़की से पूर्णमासी के चाँद की रोशनी छन-छन चारपाई के कोने पर पड़ रही थी। मेरी आँख लगी ही थी कि कोयल की कुहू-कुहू सुन कर खुल गई। मैंने आँखें खोलीं, देखा जावेद दरवाज़े के बीच खड़ा था। चाँद की रोशनी उसके चेहरे पर पड़ रही थी, कुछ देर तक वह वहाँ पर खड़ा मुझे घूरता रहा। डर के मारे मेरे मुँह से न तो कोई आवाज़ निकल रही थी और न ही मैं हिल पा रही थी। वह मुड़ा और चुपचाप वापिस चला गया। डर से काँपते हुए मैंने अपनी बाँहें माँ के इर्द-गिर्द डाल दीं। पूरी रात उससे लिपट कर सोती रही।

नुमाइश

*** * ***

खान बेगम जब आखिरी बार अपनी ननद के घर गई थी तब उनकी ननद ने उनसे जल्दी ही उनके पास दोबारा आने का वादा लिया था। वीरवार को नौकर उनके पास ख़बर लेकर आया—‘‘आपकी बहन ने आपको ‘सलाम’ भेजा है और पूछा है कि वादा पूरा करने के लिए आप उनके घर पर कब तशरीफ ला रही हैं?’’

‘‘बहन को ‘आदाब’ कहना,’’ खान बेग़म ने जवाब दिया—‘‘उनको बता देना कि अब मेरा आ पाना मुश्किल है। हमारे घर में मेरे शौहर की लाई हुई कुछ फिरंगी औरतें रह रही हैं।’’

बाद में दूसरा नौकर आकर बोला कि उन्होंने कहलवाया है कि खान बेग़म अपने साथ अपने मेहमानों को भी ला सकती हैं। उनके रिश्तेदार उनसे मिलने के लिए बेताब हो रहे हैं। हमारी मेज़बान खान बेगम ने कहा कि अगली सुबह हमें उनके साथ उनकी बहन कामरान के घर पर जाना है। खान बेगम, माँ, एनेट और मैं हम चारों एक ‘मेना’ में बैठकर चल दीं। नानी पीछे रह गई।

‘मेना’ पुरानी पालकी की ही तरह होती है लेकिन छोटी होती है। इसको सिर्फ औरतों को लाने, ले जाने के लिए इस्तेमाल किया जाता है। ज़मीन पर टिकाने के लिए छोटे और मज़बूत पाये होते हैं; बैठने के लिए मज़बूत रस्सी से बुनी होती है; ऊपर चारों तरफ लाल पर्दों से ढकी रहती है। दोनों तरफ बाँस के डंडे

लगाकर कहार 'मेना' को ज़मीन से ऊपर उठा लेते हैं।

पसीने में तर-बतर चार कहारों ने हमें कामरान के घर पर पहुँचा दिया। वहाँ पर हमारी अच्छी-खासी मेहमाननवाज़ी हुई। कामरान के दिल में पहले हमारे लिए गलतफहमी थी लेकिन बाद में सरफराज़ की बातों से उनको अपना नज़रिया बदलना पड़ा। वे हमारे साथ दोस्ती करना चाहती थीं। अपने साथ रहने के लिए हम पर दबाव डाला और आने वाले हफ्तों में हम उनके घर में नुमाइश की चीज़ बनकर रह गए थे। जो भी चाहता, आकर हमें देख जाता।

सरफराज़ खान जावेद के घर पर हमारा सिर काटने के इरादे से आया था लेकिन माँ के आकर्षण ने उसको हैरान कर दिया और उसका दिल जीत लिया था। घर वापस आकर कहा—''ऐसे लाचार, बेबस इन्सानों के ऊपर कौन हाथ उठा सकता है? लड़की तो डरी हुई हिरनी की तरह है और माँ एकदम बुलबुल की तरह।'' कामरान के घर पर हमें देखने के लिए आने वालों में सरफराज़ की बीवी हशमत भी थी। वह भी माँ की दीवानी हो गई। ''ऐ बहन,'' वह खान बेगम से कहने लगी—''मेरे शौहर इनके बारे में बिल्कुल ठीक कह रहे थे। मरियम के होठों से, मधुमक्खी की तरह, शहद के सिवाय और कुछ निकलता ही नहीं है।''

जहाँ तक कामरान का सवाल था, हमारे दुःख और मुसीबतों की कहानी सुनकर उसका नरम और रहमदिल पसीज गया था। माँ की बातें सुनकर उसकी बड़ी-बड़ी खूबसूरत काली आँखों में आँसू भर जाते। एक बार तो वह माँ के कन्धे पर सिर रखकर ज़ोर-ज़ोर से रोने लग गई।

वे तकरीबन पैंतीस साल की होंगी और मोटापे की तरफ बढ़ रही थीं। उनका रंग साफ और नैन-नक्श तीखे थे। हमें पता चला कि जिस समय वे सज-धज रही थीं उसी समय उनके पिताजी उधर से गुज़रे, वे उनकी खूबसूरती पर फिदा होकर कहने लगे—''क्या हम इतनी खूबसूरती को अपने ही घर में नहीं रख सकते ताकि वह घर से बाहर न जाने पाए?''

कामरान के शौहर की उम्र ज्यादा थी, वह भोपाल की घुड़सवार सेना में लेफ्टिनेन्ट था। पहली मुलाकात में उसको शौहर से नफरत हुई। उसने उसको आगे बढ़ने से रोका और अपने को छूने तक नहीं दिया। इसका नतीजा यह हुआ कि अम्मीजान और दूसरे लोग इस बात पर यकीन करने लगे कि वे किसी जिन्न अथवा प्रेतात्मा से प्यार करती हैं। उनके यकीन को मज़बूत करने में उसको

फायदा दिखाई दिया। उसका पति मायूस होकर वापिस घुड़सवार रेजीमेंट में चला गया लेकिन उसको खर्चे-पानी के लिए पैसे भेजता रहा। आखिरकार आपसी दोस्तों के सलाह-मशवरे से दोनों में सुलह हो गई। उनके यहाँ बेटी पैदा हुई जिसका नाम उन्होंने 'बदरान' रखा।

बदरान की खूबसूरती अपनी माँ से एकदम अलग थी। जब हमने उसे देखा तब वह सोलह-सतरह साल की होगी। अपनी माँ के मुकाबले में उसका रंग थोड़ा साँवला था; बड़ी-बड़ी होते हुए भी उसकी आँखों में अपनी माँ की आँखों जैसी तरल कोमलता नहीं थी। यह कोमलता ही कामरान के चेहरे को पाक-साफ बनाती थी। बचपन का बायें गाल पर गुलाबी निशान बदरान के चेहरे पर खिलता था। उसमें अपनी माँ की तरह ज़िन्दादिली और मेलजोल बढ़ाने की आदत नहीं थी। वह हमें कम ही दिखाई देती थी।

कामरान ने हमारे सिलाई-कढ़ाई के हुनर के बारे में सुना था। उसने हमसे अपनी ननद के छोटे बेटे के लिए पोशाक तैयार करवाने का फैसला किया। उन्होंने हमसे पूछा कि क्या हम कुर्ता-टोपी यानि छोटा पाजामा, अचकन और टोपी बनाने में मदद कर सकती हैं। माँ पोशाक को काटकर, सिलाई करने के लिए तैयार हो गई।

उन्होंने जामुनी रंग के कपड़े का मुगलई गले वाला अचकन बनाया; एक तरफ से खुला था, बाँयें कन्धे पर बटन लगे थे। उसके किनारों पर, बाँहों और गले पर ज़रीदार लेस लगी थी। गले पर आधे चाँद के आकार में ज़री से कढ़ाई की गई पट्टी और कन्धों पर फूँदने लगाए। पाजामा बढ़िया हरे रंग की साटिन से बनाया। उसपर ज़री की लेस लगाई। टोपी अचकन वाले कपड़े से ही तैयार की ताकि सिर पर रखने के बाद पतले रिबन की तरह दिखाई दे। तीनों कपड़ों पर कामरान के तकरीबन चालीस रुपए खर्च हो गए—बच्चे के लिए कीमती पोशाक थी। माँ अपने काम से खुश थी। जिसने भी उस पोशाक को देखा बेहद खुश हुआ। कामरान ने माँ को मीने वाली नीले रंग की काँच की चूड़ियों का नया सेट दिया।

हम लोग जल्दी ही कामरान के घर में सबकी चहेती बन गई थीं। घर का हर सदस्य हमारे साथ अच्छा बर्ताव करने के लिए एक-दूसरे के साथ होड़ लगाता। पहले उन सबके ख्याल में हम फिरंगी औरतें मर्दों का ध्यान अपनी तरफ खींचने के लिए दरवाज़ों, खिड़कियों से बाहर झाँकती रहती होंगी। यूरोपीय समाज में औरतें बिना मर्दों के रह ही नहीं सकती थीं। वे सब हैरान थीं कि हमें मेहनत करने में खुशी मिलती थी, हमें सूई-धागे से प्यार था, मर्दों के पीछे भागने की बजाय हम उनसे दूर रहना पसन्द करती थीं।

''तुम हमारी तरह ही हो,'' कामरान ने माँ से कहा—''मैं अपनी बिरादरी की आधा दर्जन औरतों के बदले में भी तुम को नहीं दूँगी। शायद ही किसी को तुमसे किसी बात की परेशानी हो।''

ज़नाना की चारदीवारी में सियासत के बारे में भूले-भटके बात होती थी। लड़ाई-झगड़ा मार-धाड़ मर्दों का ही विशेषाधिकार समझा जाता था। हमारी खुद की मुसीबतों या फिर मुल्क में हो रहे विद्रोह के बारे में शायद ही कभी ज़िक्र होता हो। केवल एक बार हमारी सहज-सरल चल रही ज़िन्दगी में अशान्ति पैदा हो गई। वह भी 'उम्दा' नाम की औरत की वजह से। वह शुरू से ही हम से जलती थी, हमें नापसन्द करती थी।

मैं नहीं जानती कि कामरान के साथ उसका क्या रिश्ता था लेकिन वे एक दूसरी को 'बहन' कहकर बुलाती थीं और बदरान उसको मौसी कहती थी। वह डाह से भरी जवान औरत थी। ज़ुबान तेज-तर्रार थी, सभी विदेशियों को दुश्मन समझती थी। उसको हमारा परिवार में मेल-जोल बेहद नागवार गुज़र रहा था। हर वक्त हमें गुस्सैल नज़रों से घूरती और मौका मिलने पर हमारी बुराई करने से कभी नहीं चूकती थी।

ब्रिटिश फौजों के पीछे हटने की बात से उम्दा बहुत खुश हुई। उसको यकीन हो गया था कि अंग्रेज़ी फौज को जल्दी ही दिल्ली की चारदीवारी से बाहर खदेड़ दिया जाएगा।

उसकी आदत थी साधारण लोगों की अनदेखी कर खास लोगों पर ज्यादा ध्यान देना।

एक बार माँ, एनेट और मैं एकसाथ बैठ कर बदरान के लिए चुपचाप

पाजामी सिल रहे थे, बदरान भी बरामदे के दूसरे कोने में बैठी अपने सुशील, जवान शौहर हफीज़ुल्लाह खान के साथ इधर-उधर की बातें कर रही थी। हफीज़ुल्लाह की नज़रें उम्दा पर थीं, वह उसको अच्छी तरह से जानता था।

उम्दा ने बातचीत का रुख मोड़ दिया। फिरंगियों के बारे में तिरस्कारपूर्वक बातें करने लगी। वही पुराना किस्सा—यूरोपीय औरतें मर्दों के साथ की भूखी होती हैं—दोहराने लगी।

''वे कुलटा औरतें,'' वह कहने लगी—''मर्दों के बिना तो रह ही नहीं सकतीं।''

''ऐसी बात नहीं है, चाची,'' हफीज़ुल्लाह ने बरामदे के दूसरे कोने से कहा—''शायद ऐसा करना सही भी है। उनको मर्दों का इतना.ज्यादा साथ मिलता है कि उनके मन में उनके लिए शायद तुम से कम भूख होती होगी। और फिर उनके मर्द तुम्हारे शौहर की तरह जिन्हें सूअर की तरह कीचड़ में लोटने के सिवाय और कोई काम न हो, अफीमची नहीं होते।''

''हो सकता है,'' उसने अकड़कर कहा—''लेकिन इस बात से फिरंगी औरतों का क्या वास्ता? तुम इस बात से इन्कार नहीं कर सकते कि उनको अजनबी मर्दों से हँसी-मज़ाक करने में मज़ा आता है। अजनबी मर्दों की कमर में बाँहें डालकर, कभी-कभी अर्धनग्नावस्था में, नाचती, गाती हैं। उसके बाद अपने पतियों को छोड़ अंधेरे कोनों में जाकर वे उन मर्दों का चुम्बन लेती है, वे मर्द भी उनका चुम्बन लेते हैं।''

फिरंगी औरतों के तौर-तरीकों के बारे में सुनकर बदरान की चमकीली आँखें हैरानी से चौड़ी हो गईं।

''ये सब बातें मुझे नहीं मालूम,'' हफीज़ुल्लाह खान ने कहा—''तुम्हें इन सब बातों की इतनी गहरी जानकारी कहाँ से मिलती है, चाची?''

''कहीं से भी मिले, तुम्हें क्या मतलब?'' उसने बेचैनी से कहा—''मैंने जो कहा है, वह सच है। इसीलिए कहती हूँ कि ये फिरंगी औरतें भी मुसीबत लाकर ही रहेंगी।''

''अब तुम बहुत आगे बढ़ रही हो चाची,'' हफीज़ुल्लाह बोला—''अपने सिर की कसम, तुम बिना सोचे-समझे कुछ भी कह डालती हो। तुम हमारे इन मेहमानों

के खिलाफ क्या इल्ज़ाम लगा सकती हो?''

''हुंह, जब उन्होंने पहले-पहल जावेद के घर में कदम रखा था तब आस-पड़ोस के मर्दों में खलबली मच गई थी।''

''हो सकता है,'' हफीज़ुल्लाह ने ताना मारते हुए कहा—''मेरे ख्याल में उस वक्त तुम्हारे भले शौहर भी थोड़ा उत्तेजित थे? हाँ तो, उससे क्या हुआ?''

''तुम भी अजीब लड़के हो, हाफिज़,'' उसने हमारी नज़रों के सामने जानकर उसको आँख मारी और शरारत भरे अन्दाज़ में कहा—''तुम्हारा इरादा क्या है, भई?''

''तुम आज बेवकूफी से पेश आ रही हो, चाची,'' हफीज़ुल्लाह ने बेचैन होकर कहा—''तुम अपने बेलगाम सिर को हिलाकर क्या इशारा कर रही हो? मैं दोबारा कह रहा हूँ कि मरियम और उसकी बेटी के बारे में सोच-समझकर बात किया करो।''

''यह लड़का तो गोरों का हिमायती है। भई, मैं तो उनको बर्दाश्त नहीं कर सकती।''

थोड़ी देर के लिए बहसा-बहसी रुक गई। माँ, एनेट और मैं इस गर्मागर्म बहस में एकदम चुप रहीं। हम अपने बचाव में कुछ भी कहने की हालत में नहीं थीं। हमें सिर्फ चुप रहना था, किसी से लड़ाई-झगड़ा करने का हमें कोई हक़ नहीं था। हफीज़ुल्लाह की बातें भी कोई सुधार नहीं ला सकती थीं।

उम्दा शरारत पर आमादा थी, उसने बातचीत का विषय नहीं बदला—''मेरा बेटा सिपाहियों की टुकड़ी के साथ गया है। मुझे उम्मीद है और दुआ माँगती हूँ कि वह अपने साथ किसी फिरंगी औरत को न लेकर आए।''

हफीज़ुल्ला जवाब के लिए तैयार था—''बेशक तुम्हारा बेटा सैनिक अभियान में बहादुरी के कारनामे कर के आएगा क्योंकि उसको केवल कुछ ज़िद्दी ज़मींदारों को दबाने के लिए भेजा गया है। मेरे ख्याल में वहाँ से लाने के लिए किसी फिरंगी औरत का मिलना मुश्किल है।''

इससे पहले कि उम्दा दोबारा बहस करती हफीज़ुल्लाह उठकर खड़ा हो गया—उससे कहा कि उसका घर वापिस लौटने का वक्त हो गया है। वहाँ बैठकर वह उसकी गालियाँ नहीं सुनना चाहता।

लेकिन उम्दा ने अपनी बात पूरी करने का फैसला कर लिया था—‘‘दुआ में बहुत ताकत है,’’ वह बोली—‘‘मैंने खान बेगम को सलाह दी है कि वह हाथ में राख लेकर इन औरतों की तरफ फूँक मारे ताकि वे इस तरह काफूर हो जाएं।’’ उसने हाथ में थोड़ी-सी धूल लेकर हमारी तरफ फेंकी और कुछ बुड़बुड़ाती रही।

हफीजुल्लाह के लिए यह बात बर्दाश्त से बाहर थी। वह उम्दा की तरफ दौड़ा, उसको पकड़कर बरामदे से बाहर निकाल दिया। उसको चले जाने के लिए कहा, ऐसा न करने पर वह .ज्यादा सख्ती से पेश आएगा। वापिस आकर वह अपनी बीवी के पास गुस्से में भरा बैठ गया।

बरसात का मौसम

✳ ✳ ✳

"यह बात जानकर मुझे कोई हैरानी नहीं हुई," कामरान ने घर आकर उम्दा और दामाद के बीच झगड़े के बारे में सुनकर कहा—"उम्दा की ज़ुबान बड़ी लम्बी और ज़हरीली है। तुम मेरी मेहमान बन कर क्यों रह रही हो, इस बात से उसको क्या लेना-देना है। उसको तुमसे सहनशक्ति और धीरज रखने का सबक लेना चाहिए था।"

"बेटे!" उन्होंने हफीज़ुल्लाह से कहा—"तुम्हें उसको घर से बाहर नहीं निकालना चाहिए था। खैर, इन बेसहारा औरतों का साथ देना तुम्हारा बड़प्पन है।"

"मरियम, उसकी बेवकूफी के लिए उसको माफ कर देना। वह बच्चों को अपना मज़ाक बनाने का मौका देने में कामयाब हो गई। मेरे घर में तुम्हारा हमेशा स्वागत होगा।"

बरसात का मौसम शुरू होने वाला था। पश्चिम में घने बादल छाए हुए थे। बारिश की सोंधी-सोंधी खूशबू से हवा महक रही थी। दालान में चमेली की बेलों पर बारिश की बूँदें टपकने की आवाज़ सुनाई दे रही थी। पूरे हिन्दुस्तान की औरतें सावन के महीने में तीज का त्यौहार मनाती हैं। रंग-बिरंगी पोशाकों में सज-धज कर झूलों पर बैठकर झूलती हैं; प्रेम और विरह के गीत गाती हैं। पेड़ पर रस्सी को दोनों सिरों से मज़बूती के साथ गाँठ लगाकर लटका दिया जाता है। नीचे छोटी-छोटी रंगीन पटरी को रख दिया जाता है। दो औरतें आमने-सामने खड़ी

होकर, अपने हाथों में रस्सी को पकड़ कर एक-दूसरे को झुलाती है। धीरे-धीरे झूलना शुरू करती हैं, फिर तेज़ी से पींग को ऊँचा ले जाती हैं। हरे पेड़ों और धुंधले आसमान के बीच केवल चमकती हुई रंगीन परछाई दिखाई देती है। कभी-कभी रस्सों के बीच छोटी-सी चारपाई रख दी जाती है। इस पर दो या तीन औरतें बैठ सकती हैं। पीछे से दो औरतें उनको झूला देते हुए गाना गाती हैं।

घर के ठीक पीछे लगे एक पुराने बरगद के पेड़ के ऊपर झूला डाला गया था। बदरान और हशमत सिर से पाँव तक लाल कपड़ों में सज-धज कर झूले पर बैठ गयी थीं। एनेट और मैं उनको पीछे से झूला देने लगीं। नौकरानी गुलबिया गाना गा रही थी। उनके नीचे आने के बाद हमारी बारी आई। आसमान में उड़ान भरते हुए ऊपर बादलों को और नीचे एनेट के घुंघराले बालों को देखकर मेरा दिल खुशी के अहसास से भर गया। बाहरी दुनिया से दूर होने के बाद मुझे दोबारा यह अहसास हुआ कि ज़िन्दगी अभी भी खूबसूरत और काबिले-तारीफ है।

माँ को बेशुमार लोककथाएँ याद थीं। कभी-कभी वे अपने मेज़बानों को आत्माओं, प्रेतात्माओं की कहानियाँ सुना कर हैरान कर देती थी। एक दिन बदरान नहाने के बाद अपने बाल खुले छोड़कर दालान में आ गई।

‘‘मेरी बच्ची, तुम्हें अपने बाल खुले नहीं छोड़ने चाहिए,’’ माँ ने कहा—‘‘इनमें एक गाँठ लगा लेना बेहतर है।’’

‘‘लेकिन मैंने अभी तेल नहीं लगाया है,’’ बदरान ने जवाब दिया—‘‘कैसे बाँध सकती हूँ?’’

‘‘शाम के ठंडे समय बालों को खुला छोड़कर बाहर बैठना ठीक नहीं है। हवा में ‘जिन्न’ होते हैं जो आसानी से लम्बे बालों और तुम्हारी जैसी खूबसूरत काली आँखों पर फिदा हो जाते हैं।’’ माँ ने कहा।

बदरान शरमा गई, उसकी माँ और शौहर दोनों वहीं पर मौजूद थे। कामरान अपनी जवानी के दिनों की सनक, जब उसने सब को इस बात पर यकीन करने लिए मजबूर कर दिया था कि वह जिन्न के प्यार का शिकार थी, को याद करके मुस्कुराने लगी।

''क्या जिन्न इन्सानों के पास आते हैं?'' हफ़ीज़ुल्लाह खान ने पूछा।

''कहते तो ऐसा ही हैं,'' माँ ने कहा—''मैंने ख़ुद कभी जिन्न नहीं देखा है लेकिन दूसरों पर उनका असर होते ज़रूर देखा है।''

''ओह! मेहरबानी करके बताओ कि तुमने क्या देखा था,'' कामरान खुशामद करने लगी।

''किसी वक्त एक ख़ूबसूरत लड़की थी, उसके पास काले बालों का ख़ज़ाना था,'' माँ बताने लगी—अचानक वह गम्भीर रूप से बीमार पड़ गई। हर तरह की देख-भाल और दवा-दारू के बावजूद उसकी तबीयत दिन-पर-दिन बिगड़ती गई। वह सूख कर काँटा हो गई थी। बालों को छोड़कर सारी ख़ूबसूरती ग़ायब थी। मौत के वक्त तक उसके बाल ख़ूबसूरत और चमकते रहे। नींद में उसको डरावने ख्वाब आते। एक जवान जिन्न ने ख्वाब में आकर बताया कि एक दिन शाम के वक्त जब वह नहाने के बाद अपने बाल सुखा रही थी तब वह उन ख़ूबसूरत बालों पर मर मिटा था और अपने साथ ले जाना चाहता था। उसको बर्दाश्त से बाहर दर्द होता था लेकिन उसकी दर्दनाक हालत में भी वह अदृश्य जिन्न उसके पास आने से कभी नहीं रुका, उसका बदन सिकुड़ गया था लेकिन उसकी आँखों में ग़ज़ब की रोशनी थी। शरीर के गल जाने और मौत के बाद भी उसका चमकते बालों से ढका सिर पहले की तरह ही ख़ूबसूरत था।''

''कितनी डरावनी कहानी है!'' बदरान जल्दी से अपने बालों में दूसरी गाँठ लगाते हुए बोली।

अलग-अलग तरह के भूत-प्रेतों, आत्माओं के बारे में बातें होने लगीं। कामरान ने हमें एक नौजवान ब्राह्मण मुंजिया की प्रेतात्मा की कहानी सुनाई। शादी से पहले ही उसकी मौत हो गई थी। कहते हैं कि पीपल के पेड़ पर उसकी प्रेतात्मा रहती है। क्रुद्ध होने पर मुंजिया की प्रेतात्मा पेड़ से बाहर आकर बैलगाड़ियों, पालकियों यहाँ तक कि घोड़ागाड़ियों को भी तोड़-फोड़ देती है। कामरान ने सलाह दी कि रात के वक्त पीपल के पेड़ के नीचे से गुज़रते हुए अपने मुँह के सामने अंगुलियों को चटकाये बिना जम्हाई नहीं लेनी चाहिए।

''अगर ऐसा नहीं करते,'' कामरान बोली—''मुंजिया तुम्हारा गला पकड़ कर टुकड़े-टुकड़े कर देगा, तुम्हें पूरी तरह से बर्बाद कर देगा।'' माँ ने अलग-अलग तरह

के भूतों की जिनके बारे में उनको पता था, कहानी सुनानी शुरू कर दी ''कुलटा औरतों की प्रेतात्मा—चुड़ैल के पैर पीछे होते हैं, एकदम नंगी रहती है; सामने के नुकीले दाँतों वाली प्रेतात्माएँ इन्सानों का खून पीती हैं; कुछ मृतात्माएँ जीव-जन्तुओं का रूप धारण कर लेती हैं। रामपुर के पास के कुछ गाँवों में (माँ के कहने के मुताबिक) लोगों के पास ऐसी विद्या है जिससे वे बता देते हैं कि मृतात्मा ने अगला जन्म किस रूप में लिया है। राख को बड़े से तसले में डालकर, किसी भारी चीज़ से ढककर रात को बाहर रख दिया जाता है। अगली सुबह राख पर किसी के पैरों के निशान बने हुए होते हैं। मृतात्मा ने जिस रूप में जन्म लिया होगा उसके अनुसार ये निशान किसी इन्सान, पक्षी या फिर हाथी के हो सकते हैं।''

दस बजे तक बरामदे में हममें से किसी की भी इच्छा एक-दूसरे का साथ छोड़ने की नहीं हुई। दुष्टात्माओं को दूर रखने के लिए बताई गई पंक्तियों को पढ़ने के बाद भी हमारा मन शान्त नहीं हुआ। बिस्तर पर मैं शान्ति के साथ लेट नहीं पाई। इधर-उधर करवटें बदलती हुई, दीवारों पर पड़ रही परछाइयों को देखती रही। कुछ देर बाद दरवाज़े पर खटखटाने और बदरान व हशमत की आवाज़ें सुनाई दीं। उठकर दरवाज़ा खोलने पर देखा कि डर की वज़ह से उनका चेहरा पीला ज़र्द पड़ा था। कामरान ने उनको भी डरा दिया था।

''क्या तुम ठीक हो खुर्शीद?'' उन्होंने पूछा—''क्या तुम हमारे कमरे में सोना पसन्द करोगी? वहाँ पर ज्यादा महफूज़ रहोगी। आओ, तुम्हारी चारपाई उधर ले जाने में हम तुम्हारी मदद कर देती हैं।''

''हम यहाँ पर बिल्कुल ठीक हैं,'' माँ ने विरोध किया और हमें अगले कमरे में धकेल दिया गया मानो कोई प्रेतात्मा हमारे खिलाफ साज़िश रच रही हो। यह सब करते वक्त खान बेगम गैरहाज़िर थीं हालाँकि कहानी सुनते समय मौजूद थीं। हमने सबसे पहले उनके ज़ोर से चिल्लाने की आवाज़ सुनी। हम आवाज़ की तरफ दौड़ीं और उनको अपने कमरे के अन्दर से बाहर निकलते देखा।

''मरियम गायब हो गई है,'' वे चिल्लाई, ''खुर्शीद और एनेट भी चली गई हैं।''

जब उन्होंने हमें उनके कमरे से दौड़कर बाहर आते देखा, हमारे बाल खुले और बिखरे हुए थे तो वे एक और चीख मारकर बरामदे में बेहोश होकर गिर पड़ीं।

सफ़ेद कबूतर

✳ ✳ ✳

"आप अपनी मुसीबतों का सामना हिम्मत के साथ कर रही हैं," हफीज़ुल्लाह ने माँ से कहा—आप कितनी खुशमिज़ाज और सहनशील हैं, भविष्य को आशापूर्ण नज़रों से देखती हैं। ठीक भी है, जो दोबारा लौटकर नहीं आएगा उस बीते हुए कल के लिए दुःखी होने से क्या फायदा?"

"मुझे शक है कि इनके हालात में कोई बदलाव आएगा," खान बेगम बोलीं—"कल ही तो फकीर कह रहा था कि मुल्क से फिरंगियों का सफाया हो गया है।"

"इस बात पर मुझे पूरी तरह से यकीन नहीं होता," हफीज़ुल्लाह ने कहा।

"मुझे भी," कामरान कहने लगी—"सच्चाई तो यह है कि हमें बाहर की खबरें ज्यादा मिलती ही नहीं।"

"मैं तुमको एक राज़ की बात बताता हूँ," हफीज़ुल्लाह बोला—"हालाँकि उस दिन चाचा डींग हाँक रहे थे कि एक भी फिरंगी नहीं बचा है लेकिन मैंने उनको सरफराज़ के साथ खुसर-पुसर करते सुना था। वे कह रहे थे कि फिरंगी अभी तक पूरी तरह से बाहर खदेड़े नहीं गए हैं। पहाड़ पर वे बहुत तादाद में मौजूद हैं। चाचा बता रहे थे कि ईद की सुबह वे अब्दुल रऊफ मियाँ साहिब को सलाम करने के लिए गए थे। जिसकी तुम बात कर रही हो उसी बुज़ुर्ग फकीर की बातों को सुनकर वे भौंचक्के रह गए।"

"क्या बात थी?" खान बेगम ने गुज़ारिश की।

"अब्दुल रऊफ ने बताया कि मियाँ साहिब अजीबोगरीब मूड में थे। पिछले तीन महीनों से पहने हुए सफेद कपड़े अचानक बिना किसी वजह के उतार फेंके थे और काला चोगा पहन लिया था। अब्दुल रऊफ दूसरे लोगों के साथ उनसे फिरंगियों की हार की दुआ माँगने के लिए कहने के लिए गए थे। जानते हो, उन्होंने क्या कहा!"

"कयामत की तरह फिरंगी हूकूमत की वापसी तै है। विदेशियों को मुल्क से बाहर निकालने में सौ साल और लगेंगे। देखो, वे आ रहे हैं," उत्तर दिशा की तरफ इशारा कर के वे चिल्लाए। वहाँ सफेद कबूतरों का झुंड शहर के ऊपर मँडरा रहा था। "वे सफेद कबूतरों की तरह उड़कर आते हैं,परेशान करने पर उड़कर घेरा बना लेते हैं और दोबारा आराम करने के लिए नीचे आ जाते हैं—पहाड़ों के सफेद कबूतर।' अब्दुल रऊफ ने मियाँ साहब से .ज्यादा कुछ न कहने की गुज़ारिश की। मियाँ को किसी की परवाह नहीं, उनकी बातों को हल्के में नहीं लिया जा सकता।

कामरान के पास हमारे ठहरने का वक्त खत्म हो रहा था। पूरी बरसात उनके साथ खुशनुमा माहौल में गुज़ार दी थी, वक्त बड़ी तेज़ी से बीत गया था। कामरान और उनके दामाद हफीज़ुल्लाह की तरह और कोई हमारे साथ इतनी .ज्यादा रहमदिली के साथ बर्ताव नहीं कर सकता था। जावेद खान कई बार हमसे मिलने या यूँ कहिए कि अपनी बीवी और बहन से मिलने के लिए आया। एक-दो बार उसने कामरान पर हमें जल्दी वापिस भेजने के लिए दबाव भी डाला लेकिन कामरान हमारा साथ नहीं छोड़ना चाहती थी। कोई न कोई बहाना बना देती कि हम उनके लिए कपड़े सिल रही थीं, वे अभी तक तैयार नहीं हुए थे। वह भी .ज्यादा दबाव नहीं डालता था, वह जानता था कि अपनी बीवी और हमें अपनी छत तले एक साथ रखना भी उसके लिए आसान काम नहीं था।

हालाँकि नवाब ने जावेद के हाथों में सेना की टुकड़ी की कमान सौंप रखी थी लेकिन यह कभी नहीं सुना कि उसको कोई नया, बहादुरी का काम सौंपा गया हो। उसका अब तक का सबसे बड़ा कारनामा था—रोज़ा-रम फैक्ट्री

को तबाह करना। वह भी किसी और वजह से नहीं बल्कि अपने खुद के फायदे के लिये किया गया था। सिपाहियों की एक टुकड़ी ने शाहजहाँपुर से भाग कर महमदी में शरण लेने वाले गिने-चुने यूरोपीयों का सफाया कर दिया था। उसने उन सिपाहियों का साथ देने में कोई दिलचस्पी नहीं दिखाई। अब वह सिर्फ नवाब की अगवानी में आयोजित जश्नों में मौजूद रहता था। उनको दिल्ली की खबरें और इधर-उधर भटक रहे फिरंगी शरणार्थियों या फिर हमारे जैसे ज़िन्दा इन्सानों के बारे में खबरें देता था। उदाहरण के लिए—हमने रैडमैन परिवार के छिपने के बारे में सुना कि कोई भिखारिन रैडमैन परिवार की पुरानी धोबिन के घर के आगे रुककर भीख माँगने लगी, वहाँ दालान में बैठी लम्बी, गोरी-चिट्टी औरत को उसने पहचान लिया। ''ओह, तुम कौन हो?'' वह चपड़-चपड़ करने लगी—''मैं जानती हूँ कि तुम कौन हो? तुम्हारा गोरा घरवाला और बेटा कहाँ पर हैं?''

''यहाँ से भाग जाओ, चुड़ैल,'' मिसेज़ रैडमैन बोली—''जाकर भीख माँगो, हमारे घर के मामलों में दखलअन्दाज़ी मत करो।''

इस बीच धोबी घर पर आ गया, हालात को भाँप कर भिखारिन से कहा—''तुम कैसे कहती हो कि वह फिरंगी है, वह मेरी भाभी है।''

''तुम्हारी जात-बिरादरी के हिसाब से.ज्यादा गोरी-चिट्टी है,'' बूढ़ी औरत ने चालाकी से कहा।

''अगर एक और शब्द बोली तो मैं अपना यह कपड़े धोने वाला फट्टा तुम्हारे सिर पर दे मारूँगा,'' धोबी ने धमकाया—''भाग जाओ, मरी, नामुराद!''

भिखारिन धोबी और रैडमैन के परिवार को बद्दुआएँ देती, लंगड़ाती हुई अब्दुल रऊफ के घर जा पहुँची। वहाँ उसने जो कुछ देखा था, सब बता दिया। अब्दुल रऊफ यह खबर लेकर नवाब के पास गया और उससे फिरंगी औरत को पकड़ने की इजाज़त माँगी।

नवाब ने हँस कर कहा—''यह काम तुम्हारी बहादुरी के लायक है। बेशक उसको पकड़ने के लिए तुम्हें एक हथियारबन्द टुकड़ी की ज़रूरत पड़ेगी। लेकिन खान साहिब, मैं इन शरणार्थियों के पीछे नहीं भागना चाहता। उन्होंने हमें कोई

नुकसान नहीं पहुँचाया है।'' उन्होंने उसके लिए भी वही रहमदिली दिखाई जो हमारे लिए दिखाई थी।

मुहर्रम का त्योहार आया और चला गया। हमें पता ही नहीं चला कि मुहर्रम चला गया था क्योंकि शाहजहाँपुर में शिया परिवार बहुत कम थे और यहाँ पर यह त्यौहार उतने.ज्यादा जोश-खरोश से नहीं मनाया जाता था जितना कि दूसरे शहरों में। शिया औरतों की तरह पठान औरतें दस दिन के रोज़े रख कर शोक नहीं मनाती थीं, न ही वे ज़ेवर उतारती थीं। हाँ, पास की मस्जिद में शहर के ग़रीबों में बाँटने के लिए कपड़े और खाना भेजा जाता था।

मुहर्रम के चले जाने के बाद यह फैसला हुआ कि हम जुम्मे (शुक्रवार) के दिन यानि 4 सितम्बर को जावेद खान के घर वापिस चली जाएँगी।

जावेद खान का उतावलापन

✳ ✳ ✳

हमारे साथ ताल्लुक होने के बाद से खान बेगम को जलन की बेहद तकलीफ सहनी पड़ रही थी। जिस दिन हम उसके घर वापिस लौटे उसी दिन जावेद खान ने मौका मिलते ही माँ से दोबारा उसके साथ मेरा निकाह करने की बात की।

"मुझे बताओ, मरियम, मुझे और कब तक इन्तज़ार करना पड़ेगा?" रात का खाना खाने के बाद जावेद खान ने पूछा।

"मैं कैसे बता सकती हूँ?" माँ ने ठंडी साँस ली, "तुम बार-बार मुझसे यह सवाल क्यों पूछते हो? मैंने तुमसे पहले ही कहा है कि अपने भाइयों से पूछे बिना मैं अपनी बेटी की शादी नहीं कर सकती। तुमने भी दिल्ली की सल्तनत का फैसला होने तक इन्तज़ार करने के लिए हामी भरी थी।"

"मैं दुआ माँगता हूँ कि फिरंगियों का नामोनिशान मिट जाए," उसने गुस्से में भरकर कहा—"मुझे पूरा यकीन है कि तुम्हारे भाई अब तक मर-खप गए होंगे।" उसके बाद अचानक उसका मूड गुस्से से बदलकर अशान्त, मायूस हो गया। वह अपने आप से कहने लगा—"वह आदमी शायद ठीक ही कह रहा था—'सूबेदार जी क्या तुम दिल्ली तक पहुँच पाओगे?' घनशाम सिंह की किस्मत में शहर में कदम रखना नहीं लिखा था। फिरंगी फौज ने जब बरेली ब्रिगेड की टुकड़ी पर धावा बोला तब वह हिन्डन पुल पर मर चुका था। वह शहंशाह को 31 मई के हमारे बहादुरी के कारनामों के बारे में नहीं बता पाया था। ठीक है, मैंने

अपना काम कर दिया था। शक्कर ने मुहर्रम के वक्त मेरी शर्बत की ज़रूरत को पूरा कर दिया था। मंगल खान के घर पर उस छोकरे की अक्ल भी ठिकाने लगा देता लेकिन बेवकूफ मंगल बीच में आ गया, कहने लगा कि उसने उसको बेटे के रूप में गोद ले लिया है। मैंने कभी किसी खुदा के बन्दे को किसी काफिर, जो उन सबके लिए मुसीबत का सबब बन सकता था, को गोद लेने की बात नहीं सुनी थी।''

घर से बाहर जाते वक्त उसका चेहरा स्याह और धमकी से भरा था। कुछ ही मिनटों के बाद जावेद के सौतेले भाई सैफुल्लाह की चीखें सुनकर हम डर गईं। सैफुल्लाह गली में जावेद से टकरा गया होगा। पठान अपना गुस्सा और निराशा उस पर उतार रहा था।

जावेद ने लड़के की पीठ नंगी कर उस पर इतनी बुरी तरह से चाबुक मारी कि बेचारे लड़के की कमर की खाल ही उधड़ गई थी। सैफुल्लाह कई दिनों तक बिस्तर पर पड़ा दर्द से चिल्लाता रहा। उसके साथ नरमी बरतने की बजाय जावेद ने धमकी दी कि अगर उसने कराहना बन्द नहीं किया तो वह दोबारा चाबुक से उसकी खाल उधेड़ देगा।

इस बात में कोई शक नहीं था कि माँ के निराशापूर्ण जवाब ने जावेद को गुस्से से पागल कर दिया था। मेरे ख्याल में मुझे शुक्रगुज़ार होना चाहिए कि उसने अपने गुस्से की भड़ास भाई की पीठ पर निकाल ली थी। जावेद उस लड़के से नफरत करता था, वह उसके पिता की नाजायज़ औलाद था।

उसी शाम जावेद ने एक बार फिर अपनी दरिन्दगी का नमूना पेश किया। सईस से पूछा कि क्या उसके घोड़े को चना डाल दिया गया है। यह बताने पर कि नौकरानी रुपिया ने अभी तक चना तैयार नहीं किया है, उसने रुपिया को बुलाकर पूछा कि चना तैयार क्यों नहीं हुआ था।

रुपिया ने कहा—''दूसरे कामों में मशगूल होने की वजह से तैयार नहीं कर पाई थी।''

''तुम, तुम नाकारा औरत!'' वह गुस्से में चिल्लाया और दोबारा चाबुक उठाकर उसको इतनी बुरी तरह से पीटने लगा कि वह एकदम नीली पड़ गई। उसके फटे-पुराने थोड़े से कपड़े तार-तार हो गए थे। वह कई दिनों तक बिस्तर पर

पड़ी रही। घर का हर इन्सान हैरानी के साथ सोच रहा था कि जावेद का गुस्सा अब किस पर उतरेगा? माँ उस औरत और लड़के के कराहने की आवाज़ बर्दाश्त नहीं कर पाई। उसने ज़ेबान से थोड़ी पीसी हुई हल्दी मँगवाई, तेल में डालकर आग पर गर्म किया और वह लेप ज़ख्मों पर लगा दिया। तीन दिन तक, जब तक उनके ज़ख्म ठीक नहीं होने लगे, वह उनकी देखभाल करती रही।

एक दिन जावेद फिर माँ के पास आया, हम डर गईं कि पहले की ही तरह दोबारा गर्मा-गर्मी होगी, लेकिन वह मायूस था। शायद अपने बर्ताव पर शर्मिन्दा था। उसने अपने पूरे बदन में दर्द होने की शिकायत की और माँ से कोई इलाज बताने की इल्तिज़ा की।

"तुम उन दो कमीनों की दवा-दारू कर रही हो," उसने कहा—"क्या मुझे कोई दवा नहीं दे सकती?"

"मैं तुम्हें क्या दवा दे सकती हूँ," माँ ने जवाब दिया—"मैं कोई हकीम नहीं। अगर अपने होश में होती तो तुम्हारे दर्द के लिए कोई इलाज सोच सकती थी। वैसे भी मेरे ख्याल में तुम भले-चंगे हो।"

"नहीं, मैं ठीक नहीं हूँ," जावेद ने कहा—"मैं अपने घोड़े पर पहले की तरह नहीं बैठ सकता। यह सब बड़ों की सलाह न मानने की वजह से हुआ है।" जुम्मेरात को शिकार नहीं करना चाहिए।" पिछली जुम्मेरात (वीरवार) को जब मैं शिकार करने के लिए गया तब एक काला हिरण देखकर उस पर गोली चला दी। निशाना चूक गया, उसकी जगह कब्र पर बैठे सफेद कबूतर को गोली लग गई। कबूतर झाड़ी में उड़ गया। मैं उसको ढूँढ़ नहीं पाया, मुझे यकीन है कि वह मर गया होगा। उस दिन मुझे कोई और शिकार नहीं मिला। शाम को घर आने पर बुरी तरह से थका हुआ महसूस कर रहा था, अंगों को हिला नहीं पा रहा था। मुर्दे की तरह अकड़ गया था। अब्दुल रऊफ को खबर भेजी। सारी बात सुनने के बाद वह मुझसे मिलने के लिए आया। वह बहुत नाराज़ था कि मैंने पक्षी पर गोली चलाई थी। उसने बताया कबूतर वे लोग हैं जो वीरवार को ताज़ा हवा में साँस लेने क लिए कब्रों से बाहर आते हैं।" कमरा बन्द करके अब्दुल रऊफ ने मेरा इलाज

किया। आखिरकार मुझे होश आ गया लेकिन मेरे चेहरे पर सूजन थी, उस मृतात्मा ने ज़रूर थप्पड़ मारा होगा।''

उसका चेहरा थोड़ा सूजा हुआ दिखाई दे रहा था। इससे पहले कि माँ उसको ध्यान से देखती, गली में गाने की आवाज़ सुनकर जावेद एकदम उठ कर खड़ा हो गया। उसके चेहरे पर दोबारा दरिन्दगी झलकने लगी थी। दीवार पर से अपना चाबुक उतार कर वह तेज़ी से घर के बाहर चला गया।

बाहर बहुत .ज्यादा हंगामा बरपा था और फिर हमें किसी के चिल्लाने की आवाज़ सुनाई—''हाय, हाय! मुझे बचाओ, मेरी जान निकली जा रही है।''

हम हैरानी के साथ एक-दूसरे को देखने लगीं। खान बेगम बोली—''ज़रूर वही लड़का होगा जो कभी-कभी गाना गाते हुए और बाँसुरी पर प्रेम-धुनें बजाता हुआ इस रास्ते से गुज़रता है। मेरे शौहर ने अपने मरहूम पिता की कसम खाई थी कि अगर उसने उस लड़के को अपने घर के आगे से गाते हुए गुज़रते देखा तो वह चाबुक से उसकी खाल उधेड़ देगा।''

''लेकिन उसके गाने से क्या नुकसान है?'' माँ ने पूछा।

''मुझे नहीं मालूम! लेकिन पठान बस्तियों में किसी को भी गलियों में गाना गाने और वाद्ययन्त्र बजाने की इजाज़त नहीं है। कहते हैं कि संगीत से कामेच्छा भड़कती है इसलिए उस पर रोक है।''

''मेरी समझ में अभी भी यह बात नहीं आई कि हमारे सरपरस्त जावेद को गली में गाना गाने और बाँसुरी बजाने की वज़ह से किसी दूसरे इन्सान को मारने का हक किसने दिया है? क्या जावेद को डर नहीं लगता कि मनमानी करने के लिए उसको नवाब के सामने जवाब देना पड़ सकता है।''

खान बेगम हँसने लगी—''नवाब,'' वह बोली—''तुम क्या सोच रही हो, मरियम? नवाब इस बात पर गौर करेगा?''

कोठीवाली से मुलाकात

✲ ✲ ✲

13 सितम्बर, इतवार की सुबह परिवार का नाई जावेद खान के पास कोठीवाली का पैग़ाम लेकर आया—आपकी चाची ने आपको 'सलाम' कहा है। वे कल आपके पास मिलने के लिए आना चाहती हैं।

जावेद ने जवाब दिया—यह घर चाची का ही है। उनको आने दो और इस घर को अपनी मौजूदगी से रोशन करने दो।'' इस तरह की खबरें अक्सर बेहद विनम्र अलफाज़ में अदला-बदली होती रहती थीं।

अगली सुबह कोठीवाली 'मेना' में बैठकर अपने नौकरों के साथ आ गई। उन्हें दोबारा देखकर हमें बेइन्तहा खुशी हुई क्योंकि वे हमारे साथ हमेशा दोस्ताना बर्ताव करती थी।

''मरियम, मैं तुमसे थोड़ा वक्त अपने साथ गुज़ारने के लिए इल्तिजा करने आई हूँ। मैं तो जलन के मारे मरी जा रही थी कि तुम इतने ज्यादा दिन कामरान के घर पर रहीं। जावेद, इनको अपने साथ ले जाऊँ तो तुम को कोई एतराज़ तो नहीं होगा?''

''मुझे क्या फर्क पड़ता है कि वे यहाँ रहें या फिर तुम्हारे साथ रहें,'' जावेद खान कंधे उचका कर बोला।

''क्यों, क्या बात है?'' कोठीवाली ने शरारत भरे अन्दाज़ में पूछा—''मेरा तो ख्याल था कि जब वे तुम्हारे घर पर नहीं थीं तब तुम नाखुश थे।''

''सच है, लेकिन उससे क्या फायदा?'' उसने कहा—''मैं तो लड़की पाना चाहता हूँ।''

''ठीक है, वह तो अब तुम्हारे अधिकार में है, क्या नहीं है?'' कोठीवाली ने कहा।

''सिर की कसम, अब तुम मुझे गुस्सा दिला रही हो,'' जावेद ने चिल्ला कर कहा—'जहाँ तक घर में रहने का सवाल है, वह मेरे अधिकार में है लेकिन उससे क्या होता है? उसकी माँ टाल-मटोल न करे तो मैं आज ही उसके साथ निकाह कर सकता हूँ। कभी कहती है—'मैंने अपने भाइयों के साथ सलाह-मशवरा नहीं किया है—जैसे भाई सलाह देने के लिए ज़िन्दा बैठे हैं; कभी कहती है कि दिल्ली में लड़ाई का फैसला होने तक इन्तज़ार करो, मानो हम जैसे लोगों पर लड़ाई के फैसले से भारी असर पड़ने वाला है। फिरंगी जीत जाएँगे यह उम्मीद रखना सरासर बेवकूफी है। क्या मैंने नहीं देखा कि जब हमारे एक सिपाही ने उनको ललकारा तो वे आधा दर्जन फिरंगी कैसे सिर पर पाँव रखकर भाग खड़े हुए थे।''

''हो सकता है, लेकिन हमेशा ऐसा नहीं होता है।'' कोठीवाली ने कहा।

''मुझे हैरानी है कि तुम्हें उनके साथ इतनी.ज्यादा हमदर्दी क्यों है, चाची?''

''क्योंकि उन्होंने मेरे साथ हमेशा अच्छा बर्ताव किया है,'' उसने जवाब दिया, ''जब मेरे खाविंद को उनके दुश्मनों ने मार डाला तब खुद कलेक्टर साहब मेरे घर पर अफसोस करने के लिए आए थे। उन्होंने इस बात का ध्यान रखा कि हमारे खेत हमसे न छीने जाएं। यह ठीक है कि अब ये बातें पुरानी हो गई हैं लेकिन मुझे उनके बारे में बुरा सोचने के लिए कोई वजह नहीं दिखाई देती। साथ ही साथ, जिस मंज़िल तक पहुँचने के लिए विद्रोह किया है उसको भी कमज़ोर नहीं करना चाहती।''

''बगावत? तुम हमेशा इसको बगावत क्यों कहती हो, चाची?'' जावेद खान काफी परेशान दिखाई दे रहा था। किसके खिलाफ बगावत? उन विदेशियों के खिलाफ? क्या हमें उनको अपने मुल्क से बाहर खदेड़ना नहीं चाहिए? उनसे लड़ना बग़ावत नहीं, काबिले-तारीफ काम है।''

''हो सकता है अगर इसमें बेगुनाह बच्चों और औरतों का कत्ल शामिल न होता। देखते हैं कि दिल्ली पर कब तक फिरंगियों का कब्ज़ा नहीं होता है।''

''बहुत हो चुका, चाची! और कुछ मत कहो, नहीं तो मेरे अन्दर का शैतान जाग जाएगा। अच्छा होगा कि हालात का अन्दाज़ा पहले से न करें। दिल्ली अभी भी सही-सलामत है और बहादुरशाह की हुकूमत है।''

''फिर भी मैं तुम्हें मरियम का सुझाव मानने की सलाह देती हूँ। फैसला होने तक इस लड़की के लिए अपनी भावनाओं पर काबू रखो।''

''बेशक, कानपुर की लड़की के बारे में सुनने के बाद लगता है कि मुझे अपनी भावनाओं को काबू में रखना ही पड़ेगा।''

''ओह, वह कौन थी?''

''जनरल की बेटी। बीस साल की उम्र में भी बेहद खूबसूरत थी। नाना साहब के एक अंगरक्षक जमादार नरसिंह ने कत्ले-आम के वक्त उसको बचा लिया था। वह उसको अपनी बीवी बनाना चाहता था। शायद उसकी इच्छा भी मेरे जैसी ईमानदार थी लेकिन एक दूसरे अफसर ज़रन्दाज़ खान ने एक रात लड़की को जमादार के घर से अगवा कर लिया और उसके साथ दरिन्दों जैसा बर्ताव किया। लड़की के मन में बहुत आक्रोश जाग उठा। कुछ दिनों तक उसने अपने मन की भावनाओं को छिपाए रखा लेकिन एक रात जब वह सो रहा था तब उसने अपने तकिये के नीचे से खंजर निकाल कर उसकी छाती में घुपो दिया। उसके बाद उसने जा कर कुँए में छलांग लगा दी। वह बहादुर और हिम्मतवाली थी, थी न चाची!'' उसने मेरी तरफ इशारा करके, हालाँकि देख दूसरी तरफ रहा था, कहा—''यकीन करो, मैंने तो अभी तक उसका चेहरा भी गौर से नहीं देखा है।''

''निहायत ही चालाक हो,'' कोठीवाली ने मज़ाक भरे लहज़े में कहा।

कुछ देर की चुप्पी के बाद कोठीवाली ने कहा—''वे मेरे साथ चल सकती हैं न, जावेद! क्यों ठीक है न? आज सुबह तुम्हारा मूड उखड़ा-उखड़ा था?''

''हाँ, हाँ, उन्हें अपने साथ ले जाओ,'' वह मुँह फुलाकर बुड़बुड़ाया—''अगर वे तुम्हारे साथ ज्यादा खुश हैं तो तुम्हारे साथ जा सकती हैं।''

कोठीवाली की 'मेना' में बैठकर हम उसके घर पर आ गयीं। यह सचमुच बड़ी हवेली थी। बड़ी-बड़ी ईंटों से बनी थी। अन्दर जाने के लिए ऊँचा दरवाज़ा और

खुला दालान। अन्दर जाने वाले रास्ते में ऊपर काँच की छतों वाले कमरे बने थे, औरतों के रहने के लिए कमरे निचली मंज़िल पर थे। वे ठंडे और हवादार थे।

परिवार में कोठीवाली, उसकी बेटी, दो बेटे, एक बहू, एक दामाद और बहुत सारे पोते-पोतियाँ व नाती-नातिनें थीं। कोठीवाली ज़िले के एक ज़मींदार की विधवा थीं। हम से मुलाकात होने के वक्त उनकी उम्र तकरीबन चालीस साल होगी। वे लम्बी थीं, बाल और आँखें काली थीं, लम्बा मुँह छोटे दाँत, जो मिसरी और पान खाने की वज़ह से काले पड़ गये थे। दोनों हाथों में चाँदी की एक-एक चूड़ी और दायें हाथ की छोटी अंगुली में चाँदी की सादी अंगूठी के सिवाय कोई और गहना नहीं पहन रखा था। उनका चेहरा हमेशा खिला-खिला रहता था। और दिल बहुत बड़ा था। अपनी जात-बिरादरी में उनका बहुत रुतबा था। मुसीबत के वक्त अक्सर बिरादरी के लोग उनसे सलाह-मशवरा करने के लिए आते रहते थे।

माँ जल्दी घर-परिवार में घुल-मिल गई। मैं और एनेट भी घुल-मिल गए थे लेकिन माँ की तरह नहीं। कोठीवाली माँ का खास ध्यान रखती थीं। कभी-कभी वे कहतीं—''कितनी शान्त लड़कियाँ हैं। अपना वक्त कभी भी फालतू की बातों में बर्बाद नहीं करतीं।''

''बेटियों के कान और नाक क्यों नहीं छिदवातीं?'' एक दिन उन्होंने माँ से कहा।

''जब उनमें पहनाने के लिए मेरे पास कुछ नहीं है तब छिदवाने से क्या फायदा?'' माँ ने जवाब दिया।

हमारे कानों में पहले से ही छेद थे और मैं खुश थी कि नाक छिदवाने के लिए मुझे झुकना नहीं पड़ा था।

''मुझे खुशी है कि तुम अपनी बेटी की शादी के लिए जावेद की फरमाइश के आगे झुकी नहीं,'' कोठी वाली ने कहा—''अगर वह मेरी बेटी होती तो मैं भी कभी तैयार नहीं होती। जावेद मनचला इन्सान है।''

''यह बहुत ही बेमेल रिश्ता है,'' माँ ने कहा—''मेरे अभागे मरहूम पति ख्वाब में भी यह बात न सोचते कि कोई पठान उनकी बेटी को अपनी दूसरी बीवी बनाना चाहेगा।''

बातें करते वक्त कोठीवाली का बड़ा बेटा वज़ीहुल्लाह खान भी पास आकर

बैठ गया। वह पच्चीस साल का नौजवान 'हाफिज़' (जिसे कुरान पूरी तरह से याद होता है) था। नियम से नमाज़ पढ़ता था। पास की मस्जिद में नमाज़ के लिए 'अज़ान' लगाता था। गोरा, मध्यम कद का, शान्त, तहज़ीब वाला शरीफ इन्सान था।

वह अपना .ज्यादा वक्त गेटवे के ऊपर बने कमरे में गुज़ारता था। वहाँ पढ़ाई और शतरंज (यह खेल आजकल अपनी लोकप्रियता खोता जा रहा है) खेलने में अपना वक्त बिताता था। उसके साथ उसका दोस्त कद्दूखान था। कद्दूखान एक खूबसूरत नौजवान था ओर कोठीवाली को चाची कहता था। मेरे ख्याल में वह हमें लाला रामजीमल जी के घर से ज़बरदस्ती अगवा करने वाले गिरोह में शामिल था। उसको तपेदिक की बीमारी हो गई थी, अभी शुरुआत ही थी। वजीहुल्लाह अपनी माँ के साथ मिलकर माँ की खुशामद कर रहा था कि वह उसकी बीमारी का कोई इलाज बताए।

''मैं कोई हकीम, डॉक्टर नहीं हूँ,'' माँ ने कहा—''मैं छोटी-मोटी बीमारियों के इलाज के घरेलू नुस्खे जानती हूँ। मैं नहीं समझती कि मैं इस लड़के की मदद कर पाऊँगी।''

''नहीं, नहीं। इन्कार मत करो,'' वजीहुल्लाह बोला—''वह वाकई एक बहादुर इन्सान है हालाँकि अपनी बहादुरी के कारनामों के लिए अभी तक मशहूर नहीं हुआ है।''

''उस गरीब का मज़ाक मत उड़ाओ,'' कोठीवाली ने कहा—''वह पहले ही काफी परेशान दिख रहा है।''

''उसके इलाज के लिए कहने से पहले मैं मौसी को उसके काबिले-तारीफ कारनामों के बारे में बताऊंगा।''

कद्दूखान पहले से .ज्यादा परेशान था। शर्मिन्दगी की वजह से उसने अपना चेहरा लटका लिया था।

''हाँ, तो मैं शुरू करता हूँ, मौसी, इन साहबज़ादे ने नवाब कादिर अली को ईसाइयों की कब्रें खोदने का सुझाव दिया। इनके ख्याल में वहाँ पर निश्चित रूप से खज़ाना गड़ा था।''

कद्दूखान ने सिर उठाकर कहा—''मुझे इस बात का यकीन दिलाया गया

था। इस ख़बर को बताने वाले लोमड़ (धूर्त) ने कहा था कि फिरंगी की मौत के बाद कब्र में उसकी लाश के साथ पैसों की दो थैलियाँ दबाई जाती हैं।''

''और फिर तुमने उस बेतुकी कहानी पर यकीन कर लिया और चल पड़े कब्रें खोदने। बताओ तो सही, तुम्हें उनमें कितना खज़ाना मिला?''

''हमने रात के वक्त खुदाई करने का फैसला किया,'' कद्दूखान ने सोचा कि वह खुद कहानी सुनाएगा तो बेहतर होगा—'' चाँदनी रात थी, हम तीन लोग थे। मैंने नीचे कब्र में उतरने की और कोई कीमती चीज़ मिलने पर ऊपर लाने की मंशा ज़ाहिर की। साथियों के साथ सम्पर्क बनाए रखने के लिए ऊपर ज़मीन में लकड़ी का खूँटा गाड़कर उसके साथ रस्सी बाँध दी। रस्सी के सहारे मैं नीचे उतर गया। मेरे डर के बारे में सोचो जब नीचे ठोस ज़मीन पर पाँव रखने की बजाय मैंने खुद को ज़मीन और आसमान के बीच लटकते हुए पाया। अपने सामने मुसीबत देख कर मैं ज़ोर से चिल्लाया। साथियों ने मदद करने की बजाय सोचा कि फिरंगी प्रेतात्मा ने मुझे पकड़ लिया था। वे सिर पर पाँव रखकर भाग खड़े हुए, मुझे कब्र में लटकता छोड़ गए।''

''तुम इसी लायक थे,'' वज़ीहुल्लाह ने कहा—''लेकिन तुम बाहर कैसे आए?''

''मैं रस्सी को पकड़कर बहुत कोशिश के बाद ऊपर आ पाया, मैंने भी अपने बहादुर साथियों की तरह भागना चाहा। जैसे ही मैं खड़ा हुआ मुझे अपनी कमर के इर्द-गिर्द ज़ोर का झटका महसूस हुआ और मैं दोबारा गिर पड़ा। एक बार फिर उठकर भागने की कोशिश की लेकिन दोबारा पीछे की तरफ ज़मीन पर गिर पड़ा। डर की वजह से अधमरा हो गया था। आखिरी बार आगे भागने की कोशिश की, लेकिन इस बार लकड़ी का खूँटा भी बाहर आ गया था। मैं फौरन पूरी ताकत के साथ भागने में कामयाब हो गया था। चाची, उस कब्रिस्तान में फिरंगी प्रेतात्माएँ रहती हैं।''

''कितनी मोटी अक्ल वाले इन्सान हो, तुम,'' वज़ीहुल्लाह ने कहा। उसको कहानी में बहुत मज़ा आ रहा था। ''काश! तुम्हारी खूबसूरत आँखों के पीछे थोड़ी अक्ल होती। कद्दू, तुम्हारे कमरबन्द को खूँटे के साथ बाँधा गया था। उसी से तुम कब्र में लटक रहे थे। जब तुमने भागने की कोशिश की तब उसी वजह से दोबारा नीचे गिर गए थे। खूँटा खींचने की वजह से तुम्हारा कमरबन्द ढीला हो गया था।''

कद्दूखान की परेशानी पर कोठीवाली और हम सब दिल खोलकर हँसे।

''इससे तुमको सबक लेना चाहिए,'' कोठीवाली ने कहा—''मौत के वक्त हर इन्सान एक जैसा होता है। क्या तुम चाहोगे कि मौत के बाद कोई दूसरा आदमी खज़ाने की तलाश में तुम्हारी कब्र की खुदाई करे? सचमुच का खज़ाना! बड़े-बड़े बादशाह भी खाली हाथ ही मरे। बच्चा इस दुनिया में मुट्ठी बन्द किए पैदा होता है और मरते वक्त वही हाथ खुला और खाली रहता है। हम इस दुनिया में न तो अपने साथ कुछ लेकर आते हैं और न ही कुछ लेकर जाते हैं।'' उसी वक्त कद्दूखान की माँ और बहिन भी आ गई। दोनों माँ के आगे हाथ जोड़कर उस नौजवान का इलाज करने के लिए इल्तिजा करने लगीं।

उनके दिमाग में शायद माँ के इलाज पर कुछ .ज्यादा ही यकीन था। माँ ने कद्दू को हर छह घण्टे के बाद 'खाकसीर' चाय पीने के लिए कहा। खट्टी और गर्म चीज़ें खाने के लिए मना किया; हर रोज़ सुबह को थोड़ा-सा कच्चा नारियल चबाने और उसका पानी पीने के लिए कहा। कद्दूखान ने यह साधारण-सा इलाज किया। हमने सुना कि वह आखिरकार ठीक हो गया था।

दिल्ली का पतन

❋ ❋ ❋

हम कोठीवाली के साथ बरामदे में बैठी हुई थीं, अचानक अगले बरामदे में, जहाँ पर मर्द बैठे हुए थे, शोरशराबा-सा हुआ। जावेद उसी वक्त घोड़े से उतरा था, उसने सरफराज़ के कान में कुछ कहा। सरफराज़ फौरन उठकर कोठीवाली के पास आया और फुसफुसाकर उससे कुछ कहा। उसके जाने के बाद कोठीवाली मुड़कर माँ से बोली—‘‘मरियम, दिल्ली पर फिरंगियों का कब्ज़ा हो गया है। मालूम नहीं, अब कितने बदलाव आएँगे।’’

खबर सुनकर हमारे दिल खुशी की वजह से बल्लियों उछलने लगे, आँखों में आँसू आ गए। ब्रिटिश जीत का मतलब था—कैद से मुक्ति, आज़ादी, लेकिन शाहजहाँपुर दिल्ली से बहुत दूर था। हमने अपनी भावनाओं को प्रकट नहीं होने दिया।

इसके विपरीत, माँ ने कोठीवाली के हाथ पकड़कर कहा—‘‘पठानन, तुम्हें भी इससे शान्ति मिले।’’

‘‘जावेद खान का भी कोई रौब नहीं रहेगा, है न?’’ कोठीवाली ने खुश होकर कहा। बाहरी तौर पर खबर ने उसपर कोई खास असर नहीं डाला था। वह इन्सान को देखती थी न कि जात-बिरादरी को। ‘‘लेकिन उसकी परेशानी का सबब वाजिब है। इस शहर में फिरंगियों ने लम्बा-चौड़ा हिसाब चुकता करना है।’’

अगले दिन मर्दों ने लम्बी-चौड़ी चर्चा की। कुछ ने शहर छोड़कर भाग जाने के लिए कहा, जबकि दूसरों की राय में इन्तज़ार करना और घटनाक्रम पर निगरानी रखना बेहतर था।

सरफराज़ खान : ''दिल्ली पर भले ही फिरंगी फौजों का कब्ज़ा हो गया है, लेकिन हमारे इस छोटे-से शहर पर कब्ज़ा करने में लम्बा वक्त लगेगा। हमारे जिन सिपाहियों को दिल्ली से बाहर खदेड़ दिया गया है वे किसी और महत्त्वपूर्ण स्थान पर लड़ाई कर रहे होंगे, हो सकता है लखनऊ में कर रहे हों। फिरंगी वर्दी को शाहजहाँपुर तक पहुँचने में महीनों लगेंगे। दुश्मन की सेना से डरने की कोई खास वजह न हो तो भागने में जल्दबाज़ी नहीं करनी चाहिए।''

जावेद : ''तुम बिल्कुल ठीक कह रहे हो, भाई! मैंने तो डरने वाला कभी कोई काम ही नहीं किया। अब भी नहीं कर रहा हूँ। अब्दुल रऊफ जैसे आदमी ही पहले फिरंगियों के साथ काम करते हैं, बाद में विद्रोही सिपाहियों के साथ मिल जाते हैं। ऐसे लोगों को ज़रूर फाँसी मिलनी चाहिए। जहाँ तक मेरा सवाल है, मैंने कभी फिरंगियों का नमक नहीं खाया। अगर.ज्यादा मुसीबत आई तो मैं सरहद पार कर नेपाल चला जाऊँगा या फिर ग्वालियर ब्रिगेड में भर्ती हो जाऊँगा।''

सरफराज़ : ''मुझे पूरा यकीन है कि तुम चले जाओगे। अगर किसी बात का डर नहीं है तो शहर छोड़कर जाने की क्या ज़रूरत है?''

हफीजुल्लाह : ''मैंने दिल्ली से लौटे हुए अपने कुछ आदमियों को देखा है, वे खुशकिस्मत थे कि बच निकले। उनके बदन पर केवल फटी वर्दी और निकर थी।''

''क्या उन्होंने दिल्ली की लड़ाई के बारे में कुछ बताया?'' सरफराज़ खान ने पूछा।

''उन्होंने बताया है कि हमारी सेना रिज पर तैनात अंग्रेज़ सिपाहियों की पद्धतियों पर.ज्यादा असर नहीं डाल पाई। कई बार धावा बोला। शहर पर हमले से कुछ दिन पहले हमारे सिपाही आखिरी बार बहादुरी से लड़े। लेकिन उनको पीछे खदेड़ दिया गया और एक-एक को मार गिराया। फिरंगियों के भी बहुत सारे सिपाही मारे गए थे लेकिन जीतने की वजह से उनमें आत्मविश्वास बढ़ गया था। जब हमलावर टुकड़ियाँ चारदीवारी के पास पहुँची और धावा बोलकर कश्मीरी गेट

खोल दिया गया तब ऊपर से उनके सरगना निकलसेन को तलवार की नोक पर अपना रूमाल फहराते देखा गया। एक गोला उसको जाकर लगा और वह वहीं पर ढेर हो गया। लेकिन उसके आदमी संगीन की नोक पर शहर में ज़बर्दस्ती घुस आए और दिल्ली पर दोबारा फिरंगियों का कब्ज़ा हो गया।''

''और बादशाह का क्या हुआ?'' सरफराज़ ने पूछा।

''उसको बन्दी बना लिया गया। उसके बेटों को, जो उसके साथ भाग रहे थे, मार डाला गया।''

''विद्रोह ऐसे खत्म हुआ,'' सरफराज़ ने दार्शनिक के अन्दाज़ में कहा—''फूलों का बाग दिल्ली शहर अब तहस-नहस हो गया है। अजनबी मेरे दुश्मन नहीं, न ही दोस्त हैं।''

''इतने ज्यादा भावुक और शायराना मिज़ाज मत बनो,'' जावेद खान ने चिढ़कर कहा—''मेरे घर पर कुछ लोगों का कत्ल करने के लिए कौन आया था?''

''वह मैं था,'' सरफराज़ ने कहा—''क्या मैंने किसी का कत्ल किया था?''

परदे के पीछे

*** * ***

स र्दी शुरू हो गई थी हालाँकि सर्द हवाएँ चलनी शुरू नहीं हुई थीं। जलते हुए घर से बचा कर अपने साथ लाए हुए ज़ेवरात के डिब्बे में से माँ ने चाँदी के दो चम्मच बेच दिए। उन पैसों से सर्दी से बचने के लिए रज़ाइयाँ और गर्म कपड़े बनवा लिए थे।

दिल्ली के पतन के बारे में सुनने के बाद से हमारे नज़रिये और हमारी उम्मीदों में बदलाव आ गया था। हम उस वक्त का इन्तज़ार कर रहे थे जब शाहजहाँपुर पर भी ब्रिटिश अधिकारी कब्ज़ा कर लेंगे। उसका मतलब था रिहाई। हालाँकि हमारी कैद को कोठी वाली, कामरान और उनके परिवार के लोगों ने खुशगवार बना दिया था, फिर भी उस हालत में हमेशा के लिए रहना हमें मंज़ूर नहीं था। इसका मतलब हमें उम्मीद थी—अपने माता-पिता के परिवार के लोगों से मिलने की। इससे जावेद खान की मुझसे निकाह करने की ख्वाहिश भी खत्म हो जाएगी। ब्रिटिश हुकूमत के दोबारा आने में हमारा अपना स्वार्थ था। पिछले कुछ महीनों में हम ब्रिटिश हुकूमत के खिलाफ भावनाओं को समझ चुके थे। हमें अहसास हो गया था कि विदेशी हुकूमत का चालू रहना दोनों ही पक्षों के लिए नुकसानदेह था, लेकिन उस वक्त उसका दोबारा आना हमारे फायदे में था। हमारी ज़िन्दगी उस पर निर्भर थी।

अभी तक ब्रिटिश फौज की आमद का नामोनिशान नहीं था। लेकिन इस बात का यकीन था कि वे देर-सवेर आएँगे ज़रूर। ज़ाहिर था कि इस बारे में हम

कोई बात नहीं करती थीं। बाहर क्या हो रहा है उसमें ज्यादा दिलचस्पी न लेने में ही समझदारी थी। कोठीवाली की हमदर्दी पर हमें ऐतबार था लेकिन जावेद खान से डरती थीं। हार और निराशा की वजह से वह हमें नुकसान पहुँचाने की कोशिश कर सकता था।

एक दिन मोहल्ले का जमादार बीमार पड़ गया, उसने काम करने के लिए किसी दूसरी लड़की को भेज दिया। वह लड़की हमें देखते ही पहचान गई। माँ और उसके बीच आँखों-आँखों में बात हुई। मुझे याद है कि उसका नाम मुलिया था। बचपन में मैं जिस लड़की के साथ खेला करती थी वह उसकी बड़ी बहिन थी।

पाखाना एक ऐसी जगह थी जहाँ पर हम किसी भी राज़ को छिपा सकते थे। मुलिया जब पाखाने के परदे के पीछे गई तब माँ भी उसके पीछे-पीछे चली गई।

‘‘मौसी, अब तुम्हें फिक्र करने की कोई ज़रूरत नहीं,’’ मुलिया ने फुसफुसा कर कहा—‘‘दिल्ली पर अब अंग्रेज़ हुकूमत का कब्ज़ा हो गया है। आपके लोग दोबारा हमारे बीच होंगे। मुझे मालूम है कि तुम्हारा भाई भरतपुर में सही-सलामत है। आप अगर उनके पास कोई सन्देश भेजना चाहें तो एक आदमी तीर्थयात्रा करने मथुरा जा रहा है, वह आपकी चिट्ठी ले जाएगा।’’

ऐतबार लायक किसी जान-पहचान के आदमी के मिलने पर माँ बेहद खुश थी।

माँ संदेशा भेजने के लिए राज़ी हो गई।

‘‘लेकिन मैं चिट्ठी लिखूँगी कैसे?’’ उन्होंने पूछा।

‘‘फिक्र मत करो,’’ मुलिया ने कहा—‘‘कल मैं कागज़-पेन्सिल ले आऊँगी। दोबारा यहीं पर मिलना।’’

हमने अपनी इस खुशकिस्मत मुलाकात को किसी के सामने ज़ाहिर नहीं होने दिया, न ही किसी को हमारे बर्ताव, तौर-तरीके में कोई अटपटी बात दिखाई दी। इस बात को हमने नानी और एनेट को भी नहीं बताया, डर रही थी कि कहीं हमारी उम्मीद नाउम्मीदी में तब्दील न हो जाए।

अगली सुबह वायदे के मुताबिक मुलिया दोबारा आई, परदे के पीछे माँ का इन्तज़ार करने लगी। उसने माँ के हाथ में कागज़ का छोटा-सा टुकड़ा और पेन्सिल

थमा दी। माँ ने कागज़ पर लिखा—"मैं, रूथ, एनेट और माँ जिन्दा हैं औरसही-सलामत हैं, यहाँ पर छिपी हैं। हमें यहाँ से ले जाने के लिए पूरी कोशिश करना।"

माँ ने वह कागज़ मुलिया को दे दिया। उसने कागज़ को चोली में छिपा लिया। उसके जाते ही हमारे मन में आशा और उत्सुकता की किरणें फूटने लगीं, लेकिन उसे हमने अपने मन में दबाए रखा।

जनवरी महीने की शुरुआत थी। कोठीवाली के साथ रहते हुए हमें तीन महीने से ज़्यादा हो गए थे। कोई ज़रूरत न होने पर हमारे साथ बेहद नर्म और रहमदिली के साथ बर्ताव किया जाता था। यह सुझाव दिए जाने पर कि हमें जावेद खान के घर वापिस चले जाना चाहिए, हम मायूस हो गईं। वह खुद आया और कोठीवाली से हमें वापिस ले जाने के लिए इजाज़त माँगी। शायद उसको अभी भी उम्मीद थी कि वह माँ को मेरे निकाह के लिए राज़ी कर लेगा। ब्रिटिश प्रशासकों को दिल्ली पर कब्ज़ा किए हुए महीनों बीत गए थे लेकिन शाहजहाँपुर में उनके आने के कोई आसार नज़र नहीं आ रहे थे।

खान बेगम हमारे वापिस जाने से ज़्यादा खुश नहीं थी। वह अभी भी ईर्ष्या के कारण जलती रहती थी। उसमें और जावेद के बीच कहा-सुनी हुई होगी क्योंकि हमारे पहुँचने के बाद अगली सुबह जावेद ने उससे गुस्से में कहा—"तुम्हारे रात-दिन के इस झगड़े की वजह से परेशान हो गया हूँ।"

खान बेगम ने कुछ जवाब दिया, जावेद खान ने सटाक से चाबुक मारा। बहुत देर तक चुप्पी रही। बिना किसी से कुछ कहे-सुने, वह घर से बाहर निकल गया। शाम के वक्त रात का खाना खाने के लिए घर में घुसा। खान बेगम से पूछा कि क्या वह कुछ खाएगी।

उसने जवाब दिया—"नहीं, मुझे भूख नहीं है।"

"बेहतर होगा कि चुपचाप खाना खा लो," उसने कहा—"अपने ऊपर ज़्यादा घमंड करने की ज़रूरत नहीं।" वह जानती थी कि वह गुस्से में था, दोबारा उसका चाबुक नहीं खाना चाहती थी। उसने वही किया जो जावेद ने कहा। हालाँकि वह तब तक नाखुश और बेरुखी रही जब तक कोठीवाली आकर हमें अपने साथ दोबारा वापिस नहीं ले गई।

बिछपुरी की लड़ाई

✳ ✳ ✳

अब हम 1858 के अप्रैल महीने के बीच में थे। गर्म हवाओं के साथ कोठीवाली के बरामदे में धूल का गुबार उड़ रहा था। गेट के बाहर गुलमोहर के पेड़ पर गहरे लाल रंग के फूल खिले थे, आम के पेड़ों पर बौर आ रहा था। खूब आम लगने की उम्मीद थी। कुछ दिनों से जावेद खान का कोठीवाली के घर पर आना-जाना बढ़ गया था। कोठीवाली और उसके बीच गुप-चुप बातें होती रहती थीं। ब्रिटिश हुक्मरान द्वारा शाहजहाँपुर पर दोबारा कब्जा कर लेने पर, उनकी भविष्य की योजनाओं में, हमारी क्या स्थिति होगी हमें नहीं मालूम था।

एक दिन कोठीवाली ने एक अजनबी आदमी की अगवानी की। हमने उसको पहले कभी नहीं देखा था। उसका नाम फैजुल्लाह था, वह भी कोठीवाली को 'चाची' कहकर बुलाता था। हालाँकि कोठीवाली के साथ उसका कोई रिश्ता नहीं था। वह एक निडर नौजवान था। अभी-अभी फतेहगढ़ से लौटा था और वहाँ के हालात के बारे में साफ और विस्तार से बताता था।

''अच्छा, तो तुम बिछपुरी की लड़ाई में मौजूद थे?'' कोठीवाली ने पूछा।

''हाँ, चाची,'' उसने कहा—''कितनी निर्णायक लड़ाई थी वह! हमने फिरंगियों का डटकर मुकाबला किया। उनको हमारी बाजुओं की ताकत का अहसास हो गया था। मैंने लाशों का ढेर लगा दिया था। नवाब को उपहार में देने के लिए खोपड़ियों की माला बनाकर लाया हूँ।''

''क्यों झूठ बोल रहे हो ?'' कोठीवाली बोली।

''सर की कसम खाकर कहता हूँ, चाची!''

''तुम जैसा दुबला-पतला, मरियल-सा इन्सान इतनी खोपड़ियों का बोझ कैसे उठा सकता है।''

''क्यों? मैंने उनको घोड़े की काठी के साथ लटका दिया था। जीतकर वापिस आया था।''

''लड़ाई में किस की हार हुई थी?''

''क्या बात है? बेशक काफिर हारे थे। हमने उनका सफाया कर दिया था,'' उसने अपना दायाँ हाथ बायें हाथ के ऊपर रख लिया।

''सचमुच!'' कोठीवाली ने कहा।

''एक भी फिरंगी ज़िन्दा नहीं बचा, चाची! क्या तुम्हें मालूम है कि उन्होंने क्या किया था? उन्होंने हमारे साथ लड़ने के लिए अपनी औरतों को भेज दिया था।''

''यह तो बड़ी अजीबोगरीब बात है,'' कोठीवाली ने कहा—''तुम बहादुर बच्चे हो, फैजुल्लाह! तुम्हारी कल्पनाशक्ति भी अद्भुत है। बताओ तो सही, उनकी औरतें देखने में कैसी थीं?''

''उनका कद आम औरतों से ऊँचा था। कुछ ने नकली दाढ़ी-मूँछ लगा रखी थी। हर एक ने ऊँची स्कर्ट, जिसके सामने धातु से बनी तश्तरी लटक रही थी, पहन रखी थी।'' (अचानक मेरे दिमाग में ख्याल आया कि फैजुल्लाह पहाड़ों की स्काटिश रेजीमेन्ट का ज़िक्र कर रहा था।)

''मैं तुमको यकीन दिलाता हूँ कि वे औरतें निहायत ही डरावनी थीं। उनसे लड़ने का तो सवाल ही नहीं था। मैं औरतों पर हाथ नहीं उठाता। निराश होकर मैंने मैदान छोड़ दिया और वापिस आ गया।''

''तुमने बिल्कुल ठीक किया,'' कोठीवाली ने कहा—''क्या तुम वहाँ से लायी हुई फिरंगियों की खोपड़ी में से एक खोपड़ी नहीं दिखाओगे?''

''बड़ी खुशी से दिखाता, चाची! मेरा यकीन करो, मैंने खोपड़ियों की पूरी माला नवाब को भेंट में दे दी है।''

यह देखकर जीत के बाद भी अपने सिपाहियों के साथ रहने की बजाय फैज़ुल्लाह घर पर सुरक्षित महसूस कर रहा था, हमें इस बात का यकीन हो गया कि वे फतेहगढ़ में ब्रिटिश फौज से हार गए थे और जल्दी ही हमारे लोग शाहजहाँपुर में दाखिल हो जाएँगे। हमारे अनुमान को सरफराज़ खान की बातों ने पक्का कर दिया। वह उसी वक्त आया था। उसने फैज़ुल्लाह पर नफरत-भरी नज़र डालकर कहा—''अच्छा तो ये बहादुर सिपाही आप को बता रहा है कि उसने कितने फिरंगियों के सिर धड़ से अलग किए हैं। क्या यह वह बात बताएगा कि निज़ाम अली का सिर किसने धड़ से अलग किया था?''

यह खबर सुनते ही खलबली मच गई। कोठीवाली उछल पड़ीं। चिल्ला कर कहा—''निज़ाम अली मारा गया है! तुम्हारे कहने का यह तो मतलब नहीं?''

''निज़ाम अली खाँ शायद नवाब का सबसे .ज्यादा वफादार, भरोसेमन्द सिपहसालार था। वह बेहद रहमदिल और इज़्ज़त वाला आदमी था। एक बार हमने उसका कम्पाउण्ड पट्टे पर लिया था। वह हमारे साथ हमेशा इज़्ज़त और दोस्ताना अन्दाज़ में पेश आता था।''

''मेरे कहने का मतलब यही है,'' सरफराज़ ने कहा—''इस शेखीखोर, गँवार की बकवास की बजाय मुझे भरोसेमन्द लोगों से यह जानकारी मिली है। निज़ाम अली के घर में मातम मनाया जा रहा है, उसके दोनों बेटे ज़ख्मी हो गए हैं—एक के सिर में, दूसरे की टाँग में घाव है।''

फैज़ुल्लाह सच्चाई पता चल जाने की वजह से शर्मिन्दा था, नज़रें झुकाए बैठा था। जो हाथ अब तक राइफल की दोनाली से खेल रहे थे अब निश्चल थे।

नवाब ने निज़ाम अली की अगुवाई में ताकतवर सेना भेजी थी कि वह फिरंगी फौज को गंगा पार करने से रोके लेकिन वे सुस्त और फूहड़ थे। निज़ाम अली के देखने से पहले ही दुश्मन हमारे शहर की तरफ कूच कर चुका था। फिरंगी सेना अपनी छावनी में पहुँची ही थी कि आसमान में उड़ रहे धूल के गुबार को देखा। जासूस खबर लाए थे कि नवाब की सेना उनकी तरफ बढ़ रही थी। घुड़सवारों को फौरन घोड़ों पर सवार होकर विद्रोहियों का सामना करने के लिए तैयार रहने का हुक्म हुआ। इससे पहले कि नवाब की फौज मोर्चा संभालती उन्होंने धावा बोल दिया। हल्की तोपों ने उनपर बाजू से हमला कर दिया। अचानक हमले से हमारे सिपाहियों का हौसला पस्त हो गया। वे घबरा कर

तितर-बितर होकर भाग खड़े हुए।

''निज़ाम अली का क्या हुआ?'' कोठीवाली ने बेसब्री से पूछा।

''उसने अपने आदमियों को इकट्ठा करने और दुश्मन का मुकाबला करने की भरपूर कोशिश की लेकिन उसकी कोशिश बेकार गई। वह दुश्मन का मुकाबला करने के लिए अपने सिपाहियों को इकट्ठा नहीं कर पाया। उसके तोपची तोप नहीं चला पाए क्योंकि भगोड़े सिपाही खेतों में इधर-उधर भाग रहे थे। बदनामी से बचने के लिए निज़ाम अली घोड़े से उतर गया, अपने नौकर से कहा कि वह उसके सीने में तलवार घोंप दे। नौकर ने इन्कार कर दिया। फिर निज़ाम अली ने पागलों की तरह दौड़कर तोप के मुँह में अपना सिर रख दिया। और तोपची को हुक्म दिया कि तोप दाग कर उसके चीथड़े-चीथड़े उड़ा दे लेकिन तोपची ने भी इन्कार कर दिया। बेचारा निज़ाम अली अपने सीने में खंजर भोंकना ही चाहता था कि फिरंगी घुड़सवार तूफान की तरह गरजते हुए आए। अपने सामने के हर सिपाही को मार गिराया। डे-केन्जोव होर्स के एक घुड़सवार सिपाही ने उसको पहचान लिया। निज़ाम अली को पहचानने में उसने गलती नहीं की। उसके इर्द-गिर्द चक्कर काटते हुए अपनी बरछी घोंप कर उस पर हमला किया। बहुत बहादुर और मज़बूत इरादे वाले नेक इन्सान की ज़िन्दगी खत्म हो गई। मुझे शक है कि निज़ाम अली की मौत के बाद नवाब की सरकार एक हफ्ते से ज्यादा चल पाएगी।''

''उसकी कहानी सुनकर मुझे सचमुच में बहुत तकलीफ हुई है,'' कोठीवाली ने लम्बी साँस लेते हुए पूछा—''उसके बेटों का क्या हुआ? तुम बता रहे थे कि उसके दो बेटे ज़ख्मी हो गए थे।''

''अच्छा होता कि वे दोनों भी अपने बहादुर पिता के साथ ही मारे जाते। वे भी भाग खड़े हुए। लड़ाई के मैदान से घोड़ों पर सवार होकर तेज़ी के साथ भाग निकले। उन्होंने भी मेरे दोस्त फैज़ुल्लाह का उदाहरण अपनाया था। उन्हें अपने सिर पीटते हुए और बदकिस्मती पर बूढ़ी औरतों की तरह रोते-कलपते छोड़कर आया हूँ।''

''तुम बहुत बुरी खबर लाए हो,'' कोठीवाली ने कहा—''अगर मैं गलत नहीं हूँ तो फिरंगी फौज जल्दी ही यहाँ पर पहुँच जाएगी। तब हमारा क्या होगा?''

''वे इसी तरफ बढ़ रहे हैं, इसमें कोई शक नहीं है,'' सरफराज़ ने कहा—''जल्दी

ही वे शहर पर दोबारा कब्ज़ा कर लेंगे। हमें सोचना होगा कि अपनी जान कैसे बचायी जाए। यह तो निश्चित है कि वे दिल्ली की तरह ही इस शहर की भी पूरी तरह से तलाशी लेंगे। अब यह आम बात हो गई है।''

''परवरदिगार रहम करें!'' कोठीवाली ने ज़ोर देकर कहा—''आज शाम मेरे घर पर सब लोग अपनी हिफ़ाज़त के बारे में सलाह-मशवरा करेंगे। वक़्त बर्बाद करने का मौका नहीं है। फिरंगी फौज निश्चित रूप से कल ज़िले में दाखिल हो जाएगी। उससे अगले दिन वे लोग शहर में होंगे।''

विद्रोह के सबसे ज़्यादा उपद्रवी दौर में घर पर शान्तिपूर्वक बैठने वाली कोठीवाली ने यकायक नायक की कमान सम्भाल ली। उसने अक्खड़, बेतरतीब आदमियों को इस तरह आदेश दिया मानो वे बच्चे हों। उनमें एकजुट होने का जज़्बा पैदा किया वर्ना कहर बरपा हो जाता।

दोबारा उड़ान की तैयारी

❋ ❋ ❋

उस शाम कोठीवाली ने माँ से कहा—''मरियम, फिरंगी आ रहे हैं, मैं खुश हूँ कि तुम हमारे साथ हो। अगर हमें शहर छोड़कर भागना पड़ा तो तुम हमारे साथ चलोगी, चलोगी न?''

''हाँ,'' माँ ने कहा—''वे कैसे पहचानेंगे कि हम कौन हैं, उनमें कोई भी हमारा आदमी नहीं जो हमारी अगवानी करता, हमारी हिफाज़त करता। हमारे रंग और कपड़ों को देखकर वे हमें मुस्लिम औरतें समझेंगे। हमारे साथ भी वही सलूक करेंगे जो आप सबके साथ करेंगे। नहीं, फिलहाल हम आपके साथ हैं। जहाँ आप जाएंगी वहीं पर हम जाएंगी।''

कोठीवाली के इस फैसले के बाद कि उसे और उसके परिवार को शाहजहाँपुर छोड़ना होगा, यह तय हुआ कि सब लोग जावेद खान के घर पर इकट्ठे होंगे। उसी शाम हम उसके घर की तरफ चल पड़ीं। वहाँ पर कोठीवाली का परिवार; कामरान का परिवार; एक डॉक्टर और उसका परिवार (जिन्हें हमने पहले कभी नहीं देखा था) मौजूद था। जावेद खान तथा उसके परिवार के लोगों को मिला कर कुल तीस लोग थे। 28 अप्रैल, 1858 की शाम थी। अपने जलते हुए घर को छोड़े हुए तकरीबन एक साल बीत गया था। जल्दी ही, जावेद खान का घर भी जलने वाला था। हालाँकि यह सोच बेमानी है लेकिन मेरे ख्याल से आम आदमी का लड़ाई से कोई सरोकार नहीं होता।

उस रात कोई नहीं सोया था। देर रात तक दरवाज़े के आगे एक के बाद एक 'मेना' आकर रुकती रही। कानाफूसी और गुप-चुप सलाह-मशवरा चलता रहा। फैसला हुआ कि हम उत्तर दिशा की तरफ उड़ान भरें क्योंकि ब्रिटिश फौज दक्षिण की तरफ से आ रही थी। 29 तारीख को मुँह-अंधेरे 'मेना' में सवारियाँ बैठने लग गईं।

हमें भी 'मेना' में जगह मिलने की उम्मीद थी लेकिन जल्दी ही वे सब भर गईं। किसी में जगह नहीं बची थी। जावेद खान ने हमारे पास आकर कहा—''मरियम, बेहतर होगा कि तुम डॉक्टर के साथ बैलगाड़ी में बैठ जाओ। वहाँ पर आराम रहेगा।''

कोई और रास्ता नहीं था, इसलिए हम चारों—नानी, माँ, एनेट और मैं बैलगाड़ी में बैठ गईं। उसमें हमारे अलावा, डॉक्टर की बीवी, उसके भाइयों की बीवियाँ और बच्चे थे। हम सब फौरन रवाना हो गए। कुछ घुड़सवार हमारे आगे-आगे चल रहे थे। 'मेना' को उठाने वाले कहार लम्बे-लम्बे डग भरते हुए घुड़सवारों के साथ चल रहे थे। बैलगाड़ी उनके पीछे-पीछे लुढ़कती चल रही थी।

तकरीबन दो घंटे बाद हम शाहजहाँपुर से आठ मील दूर इन्दरखा गाँव पहुँच गए। सूरज सिर पर चढ़ आया था। जब हमने बैलगाड़ी के ऊपर ढके पर्दे को उठा कर देखा तो अपने-आप को अकेला देखकर हैरान रह गए। सारी की सारी 'मेना' और घुड़सवार नदारद थे। लगता था कि हमारी बैलगाड़ी वाले ने घुमावदार रास्ता ले लिया था जिस वजह से हम बहुत पीछे रह गए थे। हम अपने अजनबी साथियों के साथ एक अनजान गाँव में थे।

डॉक्टर ने हमें ठहराने के लिए किसी खाली घर के बारे में पता किया लेकिन कोई घर नहीं मिला। गाँववालों को हम से कोई लेना-देना नहीं था। कहा कि हम गाँव में नहीं रुक सकते। डॉक्टर ने हिम्मत दिखाई और उनको समझाया कि हम जो कोई भी हों, हमारे रहने का इन्तज़ाम करना उनका फर्ज़ था। आखिरकार उन्होंने कहा—''वास्तव में गाँव में कोई भी घर खाली नहीं है। हाँ, तुम एक काम कर सकते हो—इस बड़े से बरगद के पेड़ के सामने एक घर बन रहा है, वह अभी पूरा नहीं हुआ है फिर भी रहने लायक है। तुम वहाँ पर कुछ वक्त के लिए रह सकते हो...।'' हम खुश होकर बैलगाड़ी से उतर कर मिट्टी से बन रहे घर में घुसे। उसमें एक तरफ कमरे बने थे, सामने दालान था। और चारों तरफ दीवार थी।

एक तरह से हम डॉक्टर और उसकी बीवी की मेहमान थीं। उनका हमारे साथ ममतापूर्ण व्यवहार था। वे बंगाली मुसलमान थे और शाहजहाँपुर रेजीमेंट में थे। 1 जून 1857 को जब रेजीमेंट ने बरेली की तरफ कूच कर दिया था तब उन्होंने नौकरी छोड़ दी थी। शहर के किराए के मकान में रहकर वे रोगियों का इलाज करने लगे। सफल इलाज करने की वजह से मशहूर हो गए और उनकी प्रैक्टिस में इज़ाफा होता गया।

डॉक्टर की भाभियाँ ज़मीन में चूल्हा बनाने में जुट गईं। उनमें से एक ने आग जलाई और चूल्हे पर देगची में दाल पकने के लिए रख दी। दूसरी औरतों ने आटा गूँथ कर चपातियाँ बनानी शुरू कर दीं।

सब लोगों के खाना खा लेने के बाद शाम के समय डॉक्टर अन्दर आकर बैठ गये। शिष्ट भाषा में माँ से पूछा कि वे कौन थीं और किन हालत में यहाँ पर थीं। माँ ने उनको अपनी कहानी सुनाई जिसे सुनकर वे हमदर्दी और करुणा से मर गए।

"क्या आप समझते हैं," माँ ने पूछा, "कि ब्रिटिश राज दोबारा कायम होगा?"

"आने वाले वक्त के बारे में मैं कुछ नहीं कह सकता," उन्होंने जवाब दिया—"लेकिन इतना ज़रूर है कि ब्रिटिश राज दोबारा आएगा। मैं तुम से यह कहने जा रहा हूँ कि अब तुम हमारे साथ हो। मुझे उम्मीद है कि तुम यहाँ पर आराम से रहोगी और अपनी हर ज़रूरत को मुझे बताओगी। इस वक्त हम सब एक ही नाव में सवार हैं इसलिए हमें.ज्यादा से.ज्यादा एक-दूसरे की मदद करनी चाहिए।"

उनकी रहमदिली ने माँ के ऊपर बहुत अच्छा असर डाला। उस रात और अगले दिन हम उनके साथ रहे। सूरज छिपने के बहुत देर बाद जब चारों तरफ शान्ति थी, बरगद के पेड़ पर पक्षियों का शोरगुल भी शान्त हो गया था; तब डॉक्टर माँ के पास आकर बोला—"जावेद खान आया है। वह तुम से मिलना चाहता है।"

‘‘वह क्यों आया है?’’ माँ ने कहा—‘‘उसको अब हमसे और क्या चाहिए?’’

‘‘वह तुम से मिलने के लिए बेताब है,’’ डॉक्टर ने कहा—‘‘वह अन्दर नहीं आ सकता, लेकिन तुम दरवाज़े पर जाकर उससे बात कर सकती हो।’’

माँ जावेद खान से मिलने के लिए बाहर गई। उत्सुकतावश मैं भी उनके पीछे-पीछे चली गई और दीवार की ओट में खड़ी हो गई।

‘‘मरियम,’’ जावेद ने कहा, ‘‘मैं तुमको यह बताने के लिए आया हूँ कि फिरंगियों ने शाहजहाँपुर पर दोबारा कब्ज़ा कर लिया है। मुझे पूरी उम्मीद है कि तुम उनके पास नहीं जाओगी। तुम्हें मैंने जो संरक्षण दिया था उसको मत भूलना।’’

‘‘मैं कभी नहीं भूलूँगी,’’ माँ ने कहा, ‘‘तुमने अपने घर में पनाह दी उसके लिए तुम्हारी शुक्रगुज़ार हूँ। कोठीवाली और कामरान ने हमारे साथ जैसा मोहब्बत-भरा सलूक किया था, वह हमेशा याद रखूँगी।’’

‘‘मेरी तुम्हारे से एक इल्तिजा है,’’ जावेद ने बेचैनी से एक पैर से दूसरे पैर पर खड़े होते हुए कहा।

‘‘हाँ, कहो क्या बात है?’’ माँ ने पूछा।

‘‘मैं जानता हूँ कि तुम्हारी बेटी के साथ निकाह करने की बात का वक़्त गुज़र गया है। अब उसके लिए बहुत देर हो चुकी है लेकिन क्या जाने से पहले एक बार उसको देखने की इजाज़त दोगी?’’

‘‘उससे क्या फायदा होगा?’’ माँ ने कहा। अचानक किसी भीतरी प्रेरणा के वशीभूत हो कर मैं बाहर रोशनी में जावेद खान के सामने जाकर खड़ी हो गई।

वह एक मिनट तक चुपचाप मुझे देखता रहा और मैंने भी पहली बार उसके ऊपर से अपनी नज़रें नहीं हटाईं। बिना मुस्कुराए, एक शब्द कहे बगैर वह मुड़ा और घोड़े पर सवार होकर अंधेरे में ओझल हो गया।

आखिरी सफ़र

*** *** ***

अगली सुबह डॉक्टर ने माँ को बताया—''मैंने सुना है कि कल ब्रिटिश फौज शाहजहाँपुर में दाखिल हो गई है और वहाँ पर पहले की तरह ही सरकार कायम हो गई है। अब दोबारा कानून-शान्ति कायम हो जाने के बाद क्या तुम वहाँ पर जाना नहीं चाहोगी?''

''सुझाव अच्छा है,'' माँ ने कहा—''लेकिन हमें पहचानेगा कौन?''

डॉक्टर ने कहा—''अपनी आवाज़, बोलने के लहजे, तौर-तरीके से तुम फौरन पहचान ली जाओगी। हो सकता है तुम को अपने रिश्तेदार भी मिल जाएँ जो वहाँ पहुँच कर तुम्हें ढूँढ़ रहे हों।''

उसके बाद डॉक्टर ने गाँव के बुज़ुर्गों को जाकर बताया कि माँ यूरोपियन महिला थी। कत्लेआम में बच गई थी। वह और उसका परिवार अब शाहजहाँपुर जाना चाह रहा था। अब जब कि वहाँ पर दोबारा सिविल सरकार कायम हो गयी है तब क्या कोई इन लोगों को बैलगाड़ी में बिठाकर शहर तक छोड़ आएगा?''

''तुम हमें कोई नई बात नहीं बता रहे हो,'' सरपंच ने कहा—''बैलगाड़ी से उतरते ही हम जान गए थे कि वे कौन हैं?''

''तुम्हें कैसे मालूम है?'' डॉक्टर ने पूछा।

''क्या तुम मुझे लद्दू (मूर्ख) समझते हो?'' सरपंच ने जवाब दिया—''उनकी

चाल-ढाल और उनकी बातचीत करने के तरीके से पता चल रहा था कि वे कौन हैं। उनकी टाँगों पर मेरा खास ध्यान गया था। मैंने सोचा कि ये पाँव ऐसी औरतों के नहीं थे जो नंगे पाँव चलने की आदी हों। जिस तरह से वे गर्म रेत पर फूँक-फूँक कर पाँव रख रही थीं उससे यह साफ ज़ाहिर था। अच्छा, तो वे शाहजहाँपुर लौटना चाहती हैं, चाहती हैं न? ठीक है, मैं गंगाराम उनको अपनी बैलगाड़ी में ले जाऊँगा और शाहजहाँपुर में वे जहाँ भी जाना चाहेंगी, पहुँचा दूँगा। कल दिन में मैं तैयार रहूँगा।''

हमने अपना थोड़ा-सा सामान बटोरा और अगले दिन सुबह दस बजे हम गंगाराम की बैलगाड़ी में बैठकर शाहजहाँपुर की तरफ रवाना हो गईं।

हमारे सफर में कोई खास वारदात नहीं हुई। दोपहर बाद हम शहर पहुँच गईं और गंगाराम को अपने पुराने घर की तरफ चलने के लिए कहा। क्योंकि हमें मालूम नहीं था कि और किधर जाएँ। अपने पुराने घर के सामने रुकते ही मि. रैडमैन दिखाई दिए, वे हमारे पास आए और संक्षेप में अपनी और अपने परिवार के बचाव की कहानी सुनाई। उन्होंने बताया कि ब्रिटिश कमाण्डर इन चीफ ने ज़िले पर दोबारा कब्ज़ा कर लिया था। लेकिन बाद में शाहजहाँपुर की हिफ़ाज़त की कमान कर्नल हॉल की छोटी सी सैनिक टुकड़ी के हाथों में सौंप कर बरेली की तरफ चले गए थे। शहर अभी भी पूरी तरह से महफ़ूज़ नहीं था क्योंकि ज़िले की पूर्वी सरहद पर फैज़ाबाद के मौलवी का कब्ज़ा था। उन्होंने हमें भी उस क्वार्टर में शरण लेने की सलाह दी जिसमें वे अपने परिवार के साथ ठहरे हुए थे। माँ उनकी बात मानने में हिचकिचा रही थी लेकिन हम बेघर और किसी मर्द की सुरक्षा के बिना थे। इसलिए हमने जिस बिल्डिंग में रैडमैन परिवार ने शरण ले रखी थी उसी में रात बिताई। वहाँ पर हमें तीन आदमी मिले; उन्हें मेरे अंकल ने अपने साथ भरतपुर ले जाने के लिए भेजा था। एक घुड़सवार अर्दली नसीम खाँ था बाकी के दो भरतपुर के महाराजा के सेवक थे। हमें पता चला कि मुलिया के हाथ भेजी गई चिट्ठी अंकल को मिल गई थी। उन्होंने फौरन हमारी हिफ़ाज़त के लिए कार्यवाही शुरू कर दी थी। माँ अपने भाई के हाथ की जानी-पहचानी लिखावट में लिखी हुई चिट्ठी को पढ़कर रोने लगी। चिट्ठी प्यार से भरी थी और हमारी हिफ़ाज़त के बारे में चिन्ता व्यक्त थी। चिट्ठी

को पढ़ कर माँ रोने लगी। अंकल ने हमें भरतपुर जाने के लिए इसरार (ज़ोर) किया था। लिखा था कि वहाँ पर हमें ज़िन्दगी-भर के लिए ठिकाना मिल जाएगा।

यह बात 3 मई 1858, रविवार की है। अगले दिन हम पिल्लू की माँ को देखकर हैरान रह गए। उनके साथ पिल्लू नहीं था। वे बहुत घबराई हुई थीं। हमें यकीन हो गया कि पिल्लू मारा गया होगा। हमने मुश्किल से उनको बात करने के लिए ढाढ़स बँधाया। उन्होंने बताया कि पिल्लू ने अपनी मर्ज़ी से मंगल खान के साथ रहने का फैसला कर लिया था। उसको मंगल खान के साथ इतना ज्यादा लगाव हो गया था कि वह उसको छोड़कर आने के लिए तैयार नहीं हुआ। माँ को अकेले ही आना पड़ा। उम्मीद थी कि वह ज़िद छोड़कर उसके पीछे-पीछे आ जाएगा। उसको पठान का साथ ज्यादा भा गया था। वह उसके और उसके परिवार के साथ ही रह रहा था। हमें कभी भी उसका बर्ताव समझ में नहीं आया था।

हम पिल्लू की माँ की कष्टों से भरी कहानी सुन ही रही थीं कि मि. रैडमैन कर्नल हॉल से मिलकर वापिस आ गए। हम सबको साथ बैठकर नाश्ता करने के लिए कहा। हमने मुश्किल से कुछ खाया ही था कि खतरे की घण्टी बज गई—फैज़ाबाद के मौलवी की अगुवाई में विद्रोही सेना खन्नौत नदी को नावों पर बैठकर पार कर रही थी। मेरे मामा का आदमी नसीम खान नदी पर अपने घोड़े को नहलाने गया था। वह भागा-भागा आया और खबर दी कि दुश्मन की फौज ने कर्नल के थोड़े से घुड़सवारों को पीछे धकेल दिया है। कर्नल पुरानी जेल में डटा हुआ है। हवा में लड़ाई की महक फैली थी। बिगुल बज रहे थे, घोड़े हिनहिना रहे थे। बिना सवारी के घोड़ों के मैदान में भागने की खड़खड़ाहट, बन्दूकों के चलने की उदास आवाज़, इधर-उधर भाग रहे आदमियों का चकरा देने वाला शोर; ये सब निश्चित रूप से इस बात की तरफ इशारा कर रहे थे कि बड़ी सेना ने छोटी-सी ब्रिटिश टुकड़ी पर हमला कर दिया था।

अपनी हिफाज़त करने के लिए हमारे पास बर्बाद करने का वक्त नहीं था। गंगाराम की बैलगाड़ी अभी भी हमारे पास थी हालांकि मि. रैडमैन ने माँ को तसल्ली दी कि खतरे की कोई बात नहीं थी लेकिन माँ ने गाँव की तरफ जाने का फैसला कर लिया था। उनके ख्याल में वे वहाँ पर ज्यादा महफूज़ थीं। हम सब नानी, माँ,

मैं, एनेट, पिल्लू की माँ और रैडमैन की बेटी, बैलगाड़ी में बैठ गए। अभी हम कम्पाउण्ड के बाहर ही पहुँचे थे कि हमें शोर-शराबा सुनाई दिया। धूल के गुबार के बीच दस-बारह विद्रोही घुड़सवार हवा में अपनी तलवारें लहराते हुए तेज़ रफ्तार से आए और हमारी बैलगाड़ी को घेर लिया। हमने किसी को कहते सुना—‘‘उनमें से कुछ इसमें हैं, चलो उनका खात्मा कर देते हैं।’’ हम डर रही थीं कि किसी भी वक्त वे बैलगाड़ी के ऊपर ढकी चादर फाड़ डालेंगे और हमारे सीनों में अपनी चमकती तलवारें घोंप देंगे। नन्हीं विक्की ने अपने दोनों हाथों से गर्दन पकड़ ली, बोली—‘‘आओ, हम सब अपनी गर्दन हाथों में ले लें ताकि हमारी अंगुलियाँ कटें, हमारे सिर सही-सलामत रहें।’’

माँ को छोड़कर सभी के हौसले पस्त हो गए थे। महीनों की तकलीफों और दुविधा की वजह से उनके कमज़ोर, झुर्रीदार चेहरे पर उनकी आँखें कोटरों से बाहर निकल रही थीं। उन्होंने अपने खंजर का हत्था पकड़ लिया, दूसरे हाथ से उन्होंने गाड़ी के ऊपर से चादर हटाकर अपना सिर बाहर निकाल लिया। उनके चेहरे के भाव हमारे खून के प्यासे उन गुण्डों को डराने के लिए काफी थे। वे पीछे हट गए।

‘‘नौजवानो! तुम हमसे क्या चाहते हो?’’ माँ ने कहा—‘‘बेआबरू होने और मौत से बचने के लिए हम शहर से भाग रही हैं। इतनी बेबस औरतों को देखना तुम्हें अजूबा लग रहा है?’’

वे और कुछ सुनने के लिए नहीं रुके। हमें शहर से भाग रही मुसलमान औरतें समझकर वे वापिस मुड़ गए। हमारे पीछे-पीछे आ रहे घोड़े पर सवार नसीम खान से भिड़ गए। वह अक्लमन्द इन्सान था। उसने कहा कि वह अपने ईमान का पक्का है। बैलगाड़ी में बैठी औरतें उसकी रिश्तेदार हैं और शहर छोड़कर जा रही है क्योंकि यहाँ पर फिरंगियों ने कब्ज़ा कर लिया है।

घुड़सवार सिपाहियों के चले जाने के बाद गंगाराम बैलगाड़ी से नीचे उतर कर आया और माँ के सामने दोनों हाथ जोड़कर बोला—‘‘बहुत अच्छा किया। शरीर से कमज़ोर हो लेकिन तुम्हारे भीतर देवी शक्ति है। मैं किसी और औरत को नहीं जानता जो इन आदमियों से इतनी अच्छी तरह से निपटती।’’

हमारा साहसिक सफर यहीं पर खत्म नहीं हुआ था। मुश्किल से दोबारा आगे बढ़ना शुरू किया था कि बैलगाड़ी झटके के साथ एक तरफ लुढ़क गई। उसके

पहिये की धुरी टूट गई थी। उस जगह उसके ठीक होने की कोई सम्भावना नहीं थी। दुश्मन की दूसरी सैनिक टुकड़ी से बचने का सिर्फ एक ही रास्ता था कि उसको जैसे-तैसे आगे ठेला जाए। बन्दूक चलने की आवाज़ें, सिपाहियों की चीख-चिल्लाहट साफ सुनाई दे रही थी। हम बैलगाड़ी से उतर गईं, गंगाराम को 'अलविदा' कह कर पैदल चलने लगीं। हमें नहीं मालूम था कि हम किधर जा रही थी लेकिन हम लड़ाई की जगह से.ज्यादा से.ज्यादा दूर जाना चाहती थीं।

तपती धूप में एक घंटा चलने के बाद हमें राजमार्ग पर जा रही सामान से भरी बैलगाड़ियाँ दिखाई दीं। वे ब्रिटिश फौज की थीं। हमारी ही तरह वे भी बरेली की तरफ जा रही थीं। एक सिक्ख सुरक्षा गार्ड ने हमें देखा, उसको हमारी हालत पर तरस आ गया। माँ को तेज़ बुखार था। वे हमें उनको सड़क किनारे बिठा कर किसी सुरक्षित स्थान पर जाने के लिए ज़िद कर रही थीं। नसीम खान ने घोड़े से उतर कर उनको घोड़े पर बिठा दिया, अपने हाथ से माँ को सहारा देते हुए पैदल चलने लगा। उसी वक्त एक और दुर्घटना हुई।

घोड़े से उतरते वक्त नसीम खान की पिस्तौल चल गई, हम सब एक बार फिर डर गए।

नसीम ने परेशान होकर कई बार इधर-उधर देखा। देखने के बाद अचानक अहसास हुआ कि क्या घटा था। ''ओफ्फोह! मैं भी कितना बेवकूफ हूँ?'' वह चिल्लाकर बोला—''मौलवी के आदमियों से मिलते वक्त मैंने इसका घोड़ा चढ़ा दिया था लेकिन हमेशा की तरह यह तभी चलती है जब दुश्मन आँखों से ओझल हो जाता है।''

सिख सिपाही ज़ोर-जोर से हँसने लगा, उसको हँसते देखकर भी हम भी हँसने लगी। हालाँकि हमारी हँसी में दर्द छिपा था। उसके बाद सिखों ने हमें अपने सामान वाली एक बैलगाड़ी में बैठने के लिए कहा। एनेट, विक्की और मैं खुश होकर बैठने के लिए राज़ी हो गई क्योंकि हम बुरी तरह से थक चुकी थीं।

इसी तरह हमने तीन-चार मील और सफर तय किया। आगे एक छोटा-सा गाँव था वहाँ पर हमें शरण मिल गई। दोपहर का वक्त था, सामान वाली बैलगाड़ी में तेज़ धूप से बचने के लिए कोई स्थान नहीं था इसलिए हमने खुशी-खुशी गाँव वालों का आतिथ्य स्वीकार कर लिया।

दो दिन के बाद, हमने एक बैलगाड़ी किराए पर ली। प्रमुख राजमार्ग को

छोड़कर हम दक्षिण की तरफ चल पड़ीं। चार दिनों के बाद हम फतेहगढ़ पहुँच गईं। वहाँ पर हमें मि. रैडमैन के साथी मिल गए। माँ कलेक्टर साहब से मिलीं। उन्होंने माँ को थोड़ी सहायता राशि दी। इससे हम भरतपुर तक का सफर आराम के साथ कर पाए। दस दिन के बाद मैं सबके साथ अपने मामा के घर पर थी। वहाँ पर हमें आराम से रहने के लिए सुविधाजनक इन्तज़ाम था। अचानक एक अफवाह ने कि विद्रोही सेना उस इलाके में दाखिल हो रही है, हमें फिर से डरा दिया। पिछले एक साल की मुसीबतों ने मेरे दिमाग पर असर डाल दिया था कि रात को सपना देख कर डरकर जाग जाती थी। सपने में वही बेरहम तलवारबाज़ छोटे-से चर्च में भागते हुए और रास्ते में आने वाले हर इन्सान की गर्दन काटते दिखाई देते थे। जो भी हो, भरतपुर पहुँचने के बाद हमारी मुसीबतें खत्म हो गई थीं। हम यहाँ पर शान्त और आरामदेह ज़िन्दगी जीने लगे थे। पिताजी के बिना पहले जैसी ज़िन्दगी तो कभी नहीं हो सकती थी।

हमने फिर कभी लाला रामजीमल जी और उनके परिवार के बारे में नहीं सुना। उन्होंने हमारे साथ जितना अधिक प्रेमपूर्ण बर्ताव किया था उसके लिए हम उनका शुक्रिया अदा करना चाहते थे। उन्होंने अपनी ज़िन्दगी खतरे में डालकर हमारी रक्षा की थी। वे अपने परिवार के साथ बरेली में रहने लगे थे। इससे.ज्यादा उनके बारे में कुछ नहीं मालूम था।

हमने सुना कि हालात ठीक हो जाने के बाद कोठीवाली और कामरान अपने-अपने परिवार के साथ शाहजहाँपुर वापिस लौट गई थीं। जावेद खान गायब हो गया था। उसको दोबारा किसी ने नहीं देखा। हो सकता है वह नेपाल भाग गया हो। इस बात की उम्मीद.ज्यादा है कि वह पकड़ लिया गया होगा और दूसरे विद्रोहियों के साथ उसको भी फाँसी पर लटका दिया होगा। मन ही मन मैं यह चाहती थी कि वह भागने में कामयाब हो गया हो। उन बीते हुए दिनों पर, जब हम उसकी कैद में थीं, नज़र डालने के बाद मेरे दिल में कहीं पर उसके लिए सराहना है। वह बेहद गुस्सैल और खरदिमाग था, अक्सर बेरहमी से बर्ताव करता था लेकिन वह बहुत खूबसूरत और बहादुर नौजवान था, अन्दर कहीं पर रहमदिल था जिसको छिपाने की वह पूरी कोशिश करता था।

❏ ❏ ❏

टिप्पणी

✷ ✷ ✷

1901 की जनगणना के अनुसार शाहजहाँपुर की मुस्लिम आबादी (कुल आबादी में इक्कीस प्रतिशत मुसलमान थे) में तीस प्रतिशत पठान थे।ज़्यादातर पठान खेतिहर थे हालाँकि ज़िले में अनेक पठान ज़मींदार भी थे (वास्तव में ये पठान अफगान प्रवासियों के वंशज हैं)। विद्रोहियों के प्रति उनका रवैया उनको महँगा पड़ा क्योंकि विद्रोह में भाग लेने के कारण उनको अपनी ज़मीन-जायदाद से हाथ धोना पड़ा। *(गज़ेटियर)*

अधिकांश विद्रोही नेता या तो मारे गए थे या फिर उन पर मुकदमे चल रहे थे। सभी विद्रोहियों की ज़मीन-जायदाद पर कब्ज़ा कर लिया गया था। दिल्ली के पतन के कुछ ही समय बाद गुलाम कादिर खान की मौत हो गई थी और उसकी जागीर पर ब्रिटिश हुकूमत ने अपना कब्ज़ा कर लिया था।

अंग्रेज़ों के प्रति वफ़ादार मुसलमानों की संख्या बहुत कम थी। तिल्हर परगने में यूरोपियन लोगों को शरण देने वाले दो लोगों के अतिरिक्त विद्रोह के समय अंग्रेज़ों की लाशों को कब्रों में दफ़नाने वाले शाहजहाँपुर के आमिर अली और नासिर खान तथा इमारतों को तबाह होने से बचाने और कुछ समय के लिए ज़िले के कार्यालय में कार्यरत कुछ हिन्दुओं को संरक्षण देने वाले गुलाम हुसैन की सेवाओं को सम्मानजनक समझा गया। *(पृष्ठ 150, गज़ेटियर-1900)*

जलालाबाद की जेल में बन्द अपराधियों को रिहा कर तहसीलदार अहमद यार खान ने विद्रोहियों का तत्काल साथ दिया। शाहजहाँपुर में गुलाम कादिर ने आकर तहसीलदार को 'नज़ीम' का ओहदा दे दिया, लेकिन उसके ज़ुल्मों के कारण खंडर तथा दूसरे गाँवों के राजपूतों ने उसके खिलाफ बगावत कर दी। *(पृ. 248, गज़ेटियर)*

टिप्पणी / 111

कलेक्टर के दफ्तर में कार्यरत मि. लैमेस्टर का चर्च में कत्ल हो गया था। और उसकी बेटी के बारे में कोई जानकारी नहीं। *(मेरठ मुफ्सीलाइट, 1858)*

शाहजहांपुर के इतिहास की जानकारी मिलती है अज्ञात लेखक की *शाहजहांपुरनामा* में, सन् 1839 ई. में लिखी *अन्हर-उल-बहर* में और नवाब मुहब्बत खां की *अकबरी मुहब्बत* में। मुगलों के समय शाहजहांपुर में बड़ी संख्या में अफगान लोग रहते थे। उनको वहां बहादुर खान ने भेजा था; बहादुर खान जो मुगल बादशाह जहांगीर की फौज में सिपाही था और बाद में बादशाह शाहजहां की फौज में उसने सिन्धु सीमा पर काम किया। शाहजहांपुर में बसने वाले अफ़गान बावन अलग-अलग कबीलों के थे। हर कबीले ने शहर में अपना अलग मोहल्ला बसाया और आज तक शाहजहांपुर के कई मोहल्लों के नाम उन्हीं अफ़गानी कबीलों के नाम पर हैं।

सबसे पहले मैंने मरियम और रूथ की कहानी अपने पिताजी के मुख से सुनी थी। मेरे पिताजी का जन्म विद्रोह के कुछ साल बाद शाहजहाँपुर की सैनिक छावनी में हुआ था। उनके मुख से सुनी कहानी तथा 1857 के विद्रोह में जीवित बचे व्यक्तियों में रुचि होने के कारण 1960 ई. के अन्त में मैं कुछ समय के लिए शाहजहाँपुर गया था। यह उत्तर प्रदेश के उन गिने-चुने शहरों में था जिसमें बदलाव नहीं आया था। वहाँ पर माहौल को गन्दा करने वाली ऊँची इमारतें व फ्लैट्स नहीं थे। बिना किसी परेशानी के मुझे सेंट मेरी का पुराना चर्च, साथ ही उस दुर्भाग्यपूर्ण दिन पर मारे गए व्यक्तियों का स्मारक मिल गया था। यह विशाल, खुले पैरेड ग्राउण्ड से घिरा था, सीमा पर आम के पेड़ों के झुरमुट तथा कुछ पुराने बंगले स्थित थे। रूथ लेबेडूर के जीवनकाल में भी यह ऐसा ही होगा। खन्नौत की छोटी नदी को अब भी नावों पर बने पुल से पार करना पड़ता है।